PUISQU'ON A MARCHÉ SUR LA LUNE

Collection

D'une fiction, l'autre

DERNIERS TITRES PARUS :

Renaître, Janine Teisson, 2020
Elles venaient d'Orenbourg, Caroline Fabre-Rousseau, 2020
Icare, mon amour, Jeanne T., 2020
Le Premier Convoi - 1848, Michèle Perret, 2019
La Mouette Rieuse, Clara Delange, 2019
Rouges fleurs, Rouges Cris, Rose-Marie Naime, 2019
Une valise dans la tête, Rabia,, 2019
Les Fivettes, Eléonora Mazzoni, 2018
Mon pays c'est le chemin, Nathalie Bénézet, 2018
En coulisses, Caroline Fabre-Rousseau, 2017
La Formidable histoire de Charles Pipeyroux, Hélène Pradas-Billaud, 2017
La Cavalière, Jeanne Galzy, 2017
L'amer noir, Nic Sirkis, 2017
Tumultes, Christine Deroin, 2016
Ma fille, ne t'en va pas, Marion Poirson-Dechonne, 2016
Les Étoiles de Tchernobyl, Viviane Campomar, 2016
Cri, Janine Pham, 2016
Les Moissons de l'absence, Nathalie Bénézet, 2016
Canimonde 2184, Janine Teisson, 2016
La Vierge noire, Virginie Carrillo, 2016

Alexa Faucher

Puisqu'on a marché sur la Lune

roman

EDITIONS
chèvre-feuille étoilée

Montpellier
bureau@chevre-feuille.fr
http://www.chevre-feuille.fr/
mars 2022
ISBN : 978-2-36795-153-9

Merci à

Albert Camus, Barbara, Charles Baudelaire,
Frédéric Dard, Marguerite Yourcenar, Édouard Glissant,
Jacques Brel, Michel Audiard, Fernando Pessoa,
Jean-Paul Sartre, Paul Valéry, Dany Laferrière,
Leonard Cohen, Yves Simon, Lou Reed,
Toni Morrison, Chazz Palminteri.

–

À mon Lulu, nos distorsions indispensables.

PREMIÈRE PARTIE

NDLR : Voir la table des matières p. 237 pour les références des citations et éventuelles traductions des titres. Les traductions des expressions étrangères sont enfin d'ouvrage p. 234.

- 1 -
Nohé
Aujourd'hui, Maman est morte.

Nohé marche sur le bitume de Paris. Elle n'a pas de destination particulière, il faut qu'elle erre, qu'elle plante ses talons au sol pour comprendre que ces deux dernières semaines ont existé.

En quittant le crématorium du Père-Lachaise, une amie de sa mère a tenté de la convaincre d'assister au déjeuner organisé en « petit comité ». Elle a prétexté un mal de tête, le besoin de repos, promis de donner des nouvelles très vite. Elles ont échangé un regard de connivence triste, l'amie a compris qu'elle n'avait plus la force de sourire aux évocations, aux souvenirs, aux plaisanteries, que ses larmes devaient couler pour elle et personne d'autre.

Elle vient d'offrir le corps de sa mère aux flammes, elle marche avec l'urne sur laquelle une étiquette est collée, « Héloïse Fargeot, 15/06/1971 - 27/07/2039 » qui se balance dans un sac au bout de son bras, elle arpente la ville sans savoir où elle va.

« C'était une belle cérémonie, tu aurais aimé Maman. Tout toi, vraiment ». Aucune trace de religion, une enfilade de musiques tant aimées, on a versé un champagne millésimé dans des coupes que tous ont levées quand la trappe a avalé le cercueil, en criant un « mort aux cons ! » collégial qu'Héloïse avait tant proclamé de son vivant après un verre de plus, de trop, souvent. Ni fleurs, ni couronnes. Un déferlement de rires et de larmes mêlées, une quinzaine de personnes, la garde rapprochée.

La mort était arrivée trop vite. Deux semaines auparavant, Héloïse était vivante, et Nohé ne parvient pas à comprendre comment le cancer a pu l'emporter en un instant, comment personne ne l'a prévenue. Héloïse, elle, savait depuis des mois, son médecin l'avait dit à Nohé dans le couloir de l'hôpital. Elle avait gardé le secret et avait tout organisé, comme toujours.

Elle avait commandé le cercueil, préparé la liste des morceaux à diffuser, acheté deux magnums d'un excellent champagne, écrit les instructions qui devraient être suivies à la lettre, et avait envoyé un message à Nohé auquel elle avait joint un billet d'avion – pour qu'elle « assiste à une cérémonie importante, et tu en profiteras pour passer quelques jours avec ta vieille bique de mère » – c'est ce que le message disait. Un aller-retour entre New York et Paris, Nohé avait pesté sur le prix du billet en sachant que c'était inutile.

Les décisions d'Héloïse étaient impératives.

En arrivant à Paris, elle avait eu du mal à la reconnaître dans sa maigreur, la mort avait déjà commencé à s'installer dans ses cellules et elle lui avait annoncé que la cérémonie serait sa crémation. Mourir. Nohé était revenue à Paris pour que sa mère puisse mourir. Elle n'avait pas eu le temps d'être en colère, de demander des explications : Héloïse avait écarté le tout d'un geste fragile de la main, en souriant avec une presque-malice, « oh écoute, je vais juste mourir, ça devait finir par arriver, non ? Si je t'avais dit que j'étais malade, t'aurais tout planté pour sauver ma peau mais face à ce foutu cancer, y'a rien à faire. Rien du tout, c'est une vraie saloperie imbattable. Et ta carrière alors ? Non, hors de question. Ça n'est que la mort ma chérie, on ne plante pas sa vie parce que sa mère meurt, c'est dans l'ordre des choses ! »

Le sujet avait été fermé comme ça, *à la Héloïse* : elle avait entonné l'introduction d'un oratorio d'Honegger, *La Danse des Morts*, « Souviens-toi, Homme, que tu es poussière, et que tu retourneras en poussière » dans un geste théâtral épuisé. Sa voix s'était posée dans toute sa justesse, comme si la définition de sa vie se manifestait. Rien, jamais, chez Héloïse ne sonnait faux et on aurait eu beau chercher, tout était « au carré », jusqu'à ses erreurs tonitruantes. La tiédeur la lassait trop vite, c'était ce qui resterait d'elle, probablement. Ne pas être tiède, quoi qu'on fasse et quoi qu'on dise : s'il y avait eu une stèle, Nohé y aurait fait graver « de feu et de glace, avec de la chantilly ». Mais de tombe il n'y aurait pas, Héloïse avait été très claire sur ce sujet, « pour que tu reviennes t'installer ici ? Ah non, certainement pas ! Tu reviendras pour toi si tu veux, pas pour fleurir un bout de marbre à la con ! ».

Ensuite les jours étaient passés comme des minutes, il avait été question de se dire au revoir et on n'avait pas eu beaucoup de temps pour le faire. Il fallait s'organiser, régler les détails puisqu'il était évident qu'Héloïse avait décidé de partir, de ne pas attendre que son corps la lâche après des semaines de douleur éteinte au THC : elle avait fait appel à la procédure habituelle, le collège de médecins avait validé sa décision, prescrit le poison, et il ne restait qu'à attendre l'arrivée de Nohé pour l'ingestion définitive.

Avec Héloïse, peu de choses étaient négociables et le principe s'étendait jusqu'à sa mort.

Nohé marche sans savoir où elle va durant des heures, la destination n'a pas d'importance. Elle voudrait pleurer sa mère derrière des lunettes de soleil qui couvrent la moitié de son visage, ne plus parvenir à avancer et s'asseoir sur un banc, poser le sac à l'urne à côté d'elle et laisser les larmes la déborder. Elle pense que si elle marche assez longtemps, la fatigue viendra à bout de sa résistance et qu'elle pourra enfin pleurer.

Elle n'a pas versé une larme dans ces deux semaines, Héloïse ne l'aurait pas toléré. Elle a composé un visage de fille aimante et obéissante pour faire des derniers jours de sa mère un passage agréable, elle a accepté toutes ses demandes sans frémir, sans même opposer un instant de résistance. Elles ont regardé des dizaines de films devant lesquels elles se sont endormies, bu du vin dès le matin, mangé tout ce que l'estomac d'Héloïse acceptait de conserver, fumé de l'herbe et bu des cocktails aromatisés à la MDMA à chaque fois qu'elles en ont eu envie, gloussé sur des blagues Carambar et Nohé a pris des centaines de photos de sa mère mourante, « Oh mais je te vois venir, tu vas faire une expo de ta mère morte… fille indigne ! », elles ont ri de l'idée et de toutes les autres. Mais elles n'ont pas pleuré.

Avec Héloïse, la résistance était vaine, elle gagnait toujours à la fin.

« We are the Borgs, you will be assimilated, resistance is futile[1] ». Elle sourit à l'apparition de cette phrase dans son esprit, revoit sa mère la dire lorsqu'elle était enfant et refusait de faire ce qui lui était demandé. Héloïse profitait de sa voix de fumeuse, elle aggravait simplement la note, prononçait les mots et fonçait sur la taille de Nohé pour la chatouiller. Quels que soient l'endroit, l'heure, elle brisait la résistance dans des rires après avoir annoncé son irrémédiable destruction. Elle revoit les courses-poursuites hilares et hurlantes autour d'une table, d'un canapé, dans une salle d'attente ou dans une rue.

Sur le trottoir, l'Enterprise a disparu, les Borgs ont gagné cette fois, et Nohé voudrait pleurer sa mère.

Elle marche et ses yeux restent secs, aucun banc ne la sent s'écraser sur son mauvais bois et la lumière commence à tomber quand elle lève les yeux vers la plaque, sur le mur de l'immeuble. Rue des Martyrs, en blanc sur fond bleu, elle est revenue au point de départ, devant l'immeuble où sa mère vivait encore avant-hier.

Elle plonge une main dans sa poche et en sort le trousseau, incline son visage vers l'écran qui la reconnaît et ouvre la porte, traverse la cour pour arriver à l'atelier d'Héloïse, glisse une clé dans la serrure hors d'âge, entre, s'assied sur l'accoudoir du canapé rouge où elle est morte. Le sac à l'urne est sur ses genoux, elle le regarde, le pose sur la table basse et voit l'enveloppe marron, grand format, sur laquelle une plume a écrit « Nohé, mon Cœur, pour après ». Elle avait promis, « tu l'ouvres pas hein ? Même quand je dors, pas touche. T'auras bien le temps après ».

Elle prend l'enveloppe et l'ouvre, en sort un cahier sur lequel elle lit un titre manuscrit, *Puisqu'on a marché sur la Lune*. Une autre enveloppe, blanche, petite, sur laquelle est écrit « à visionner » renferme une carte mémoire. Nohé sourit, on n'utilise plus ce genre de supports depuis des années, le monde est empli de « clouds » et personne n'utilise plus ni papier, ni stylos, ni cartes mémoire. Elle connecte le lecteur de cartes, qu'Héloïse a laissé là en prévision, à la console, et l'écran se déploie sur le mur blanc du salon, les images commencent leur danse de défilement et elle sourit encore, aucune larme ne vient et Nohé pense qu'elle doit être encore sous le choc que les médecins décrivent dans les médias après un événement macabre, celui qui gèle tout, qui éteint les hurlements des failles et impose son silence dans l'air, le sidérant ; « oui ça doit être ça, c'est de la sidération, ça va passer ».

Elle entend Héloïse, « mais secoue-toi enfin, on va louper le train ! » en voyant cette photo d'elles à Montréal où Nohé trouvait toutes les voitures si grandes et s'arrêtait pour les photographier dans leur mouvement, elle se demandait pourquoi les petites voitures n'existaient pas dans ces rues. Elles avaient couru dans le parc du Mont-Royal enneigé pour attraper ce train après avoir pris quelques secondes pour un selfie. Encore un mot que personne n'utilisait plus, l'époque de l'ego anéanti avait tiré sa révérence, on n'aurait plus eu l'idée de se prendre en photo pour tenter de vendre un idéal factice.

Elle se revoit adolescente dans ces jours avec sa mère, elle sait ce qu'Héloïse veut lui dire et elle ouvre le cahier à la première page.

- 2 -
Héloïse
- Ce qui commence -

Rien ne commence jamais selon l'idée qu'on pourrait s'en faire.

On pourrait s'attendre à une vision cinématographique, quelque chose de palpitant et dramatique, il y aurait la musique posée en escalade, la lumière saupoudrée, la caméra effleurerait ensuite un visage avant de se fixer sur un point. On prendrait toute une atmosphère en pleine gueule, la violence d'un choc immense quand la berline percute un platane. On verrait les traces de sang sur le bitume projetées très loin, l'habitacle fracassé, les éclats de verre, le capot béant exhalerait une fumée blanche et on se mettrait à craindre l'explosion, on espérerait un hurlement humain déchiré, que la douleur parle de vie encore présente. On sentirait cette anxiété face à l'image, on attendrait l'éveil, la lutte pour revenir à la normalité, même ordinaire, l'image d'Épinal d'un petit-déjeuner autour d'une table où tout le monde ferait la gueule parce qu'il serait trop tôt encore pour que l'amour sorte de sa tanière.

Mais, en réalité, tout commence comme une irréalité. Une impossibilité absolue, les mots sont absorbés dans un non-sens, rien n'a de prise, ni soi, ni les autres, ni les faits. Tout devient mou, ouateux peut-être, souple, comme un abdomen sans soutien musculaire, le doigt s'y enfonce comme dans un beurre à température ambiante en juillet. On traverse la matière, on se sent la traverser et on n'y oppose pas de résistance. Il n'y a aucune résistance dans un événement de cette nature – la résistance demande du temps, du réel, une vérité quelconque à laquelle s'accrocher.

Cet événement-là est cette réalité qui ne peut en avoir, dont on refuse l'existence même.

C'est un lac de sable mouvant, pas plus étouffant qu'un nuage de vapeur d'eau, il obère le temps et l'espace, tout s'y dissout. On s'enfonce lentement pour ne pas comprendre que c'est vrai, que c'est arrivé, que ça se passe dans nos vies. Dans la mienne, la tienne que j'ai mise au monde, depuis ce jour où tes premières cellules ont commencé à s'agglomérer en moi, depuis que j'ai choisi que ta naissance aurait lieu. Tout était organisé, jusqu'aux imprévus pour lesquels on a toujours cette marge de sauvegarde, tout était en place et rien n'était parfait, mais on pouvait encore exercer une forme de contrôle pour que les nids-de-poule ne foutent pas les amortisseurs en l'air.

Soudain, on roule sur un magma, on glisse mais on ne comprend pas encore ce qui se produit. Le magma apparaît dans une poignée de secondes, ça s'annonce dans une phrase, exprimée dans ta voix enfantine, hésitante, au téléphone.

« Tu sais Maman, il s'est passé quelque chose de très grave hier, mais je sais pas si je dois le dire, Papa il m'a dit que si j'en parle il va aller en prison et je le reverrai plus jamais ».

Je venais de plonger dans l'infinie brûlure, elle avait commencé à consommer chacun de mes millimètres comme un boa constrictor s'enroule lentement autour du corps de sa proie. J'étais sa proie indirecte, son dommage collatéral patent. Il y a eu cette sensation de lenteur indicible, comme un cauchemar au ralenti, la sensation évidente de descendre en flèche dans cette lenteur vertigineuse, la certitude absolue que pour le reste des jours que je passerais dans cette humanité, je garderais cet instant précis en mémoire.

Je ne connaissais pas encore « les faits », mais je savais. Je savais que je ne sortirais pas de cette sensation, qu'elle venait de m'emprisonner en moi définitivement. Mon cerveau, à ce moment très précis, a opéré un mouvement que je ne lui connaissais pas : il m'a dédoublée. Je me suis sentie assise à côté de moi-même, je me suis perçue, à ma droite et à ma gauche, consciente d'être Une, et avec dans chaque pied un pas de danse qui pointe son nez, j'ai senti l'instinctive machine mettre en place sa survie.

Le tout n'aura pris qu'un instant sans doute, infinitésimal et impossible à mesurer dans sa sensation étirée dans ce même temps-éclair. J'ai vu se décomposer l'écrasement, senti chacune de ses nuances, toutes les microsecondes ancrées en moi. Je savais ce que ta voix enfantine allait me dire alors que je ne connaissais pas « les faits », et je savais qu'aucune fuite, aucune échappatoire ne s'offrirait. J'ai insisté pour que tu poursuives, un des deux « moi » l'a fait – ce « moi » qui venait d'attraper la corde, qui venait d'armer son arc, je le regardais faire pendant que l'autre pied m'ordonnait de me planquer, de fuir, de ne pas vivre ça, mais déjà la flèche se tenait prête à partir pour déchirer des artères et franchir les cols.

Je suis une guerrière terrifiée.

« Mon Cœur, si c'est grave, tu dois me le dire, je suis ta maman et je vais t'aider, mais comment t'aider si tu ne me parles pas ? »

Je me suis entendue prononcer des mots dans une sensation de les réciter, en espérant avoir bien lu tous ces guides de fabrication de la « bonne mère » avalés depuis ta conception, les dizaines de podcasts, les centaines d'articles de journaux, les conférences, les ateliers, les choses que ma mère faisait et que je m'étais juré de ne jamais faire, dans cette répétition générationnelle de mère en fille, on se jure de faire « mieux ».

Tiens, prends ma leçon maternelle du jour : on ne fait pas mieux. On fait au mieux et avec un peu de chance, juste un peu, on progresse. On n'arrive jamais à rien de parfait, il est impossible d'atteindre cet idéal. C'est une lubie de nos temps cette idée qu'on devrait être des parents suprêmes. On se débat, on surnage, on sauve ce qu'on peut sauver. Basta.

J'ai prononcé les mots et j'ai attendu, encore, le canapé sous moi s'enfonçait, déjà le sol disparaissait de mon champ visuel avec les murs, la lumière presque voilée dans une hyperréalité, comme un hyperespace où tout va vite et lentement, le tourbillon laissait tout le temps dont j'avais besoin pour s'inscrire précisément dans ma mémoire. Jusqu'au moment où ta voix chevrotante a dit les mots que j'avais espéré ne pas entendre. Mais dont je connaissais chaque syllabe, déjà.

« Ben… hier soir, Papa il a bu beaucoup trop de vin et après il est venu dans mon lit, et il a mis sa main euh… ben tu sais… enfin dans ma culotte, là, tu vois… enfin dedans. Pardon Maman, je sais bien que j'ai fait une bêtise. Tu me pardonnes hein Maman, j'ai pas fait exprès tu sais ».

Le mur était là, et j'ai continué à courir droit devant, sans comprendre où naissait ce besoin que j'avais de courir, en sachant que j'allais le prendre en pleine gueule ce foutu mur, et j'ai continué la course effrénée pourtant.

J'ai dit ce que j'avais entendu avant, les mots qu'on doit dire, « non mon Cœur, c'est pas toi, toi t'as rien fait du tout, t'inquiète pas, tu rentres et je vais m'occuper de tout, on va tout réparer, ça va aller, je t'aime si fort tu sais, si fort et je suis fière de toi, tu as fait exactement ce que tu pouvais, c'est pas toi, tout va bien se passer maintenant, je suis ton bouclier magique mon Amour, je vais tout arranger, c'est promis, c'est promis mon Ange, je te le jure je vais tout arranger et plus jamais ça n'arrivera, plus jamais de toute la vie ».

On a raccroché et j'ai hurlé, je crois, j'ai entendu le voisin hurler « ta gueule » en retour.

Est-ce que tu étais soulagée, toi ? Est-ce qu'il y avait une lampe torche quelque part dans tes ombres ?

La collision a eu lieu et la douleur de mon visage explosé sur la paroi, le sang étalé, mon autre « moi » a ramassé le tout, épongé en pleurant silencieusement. L'arc était là, la flèche prête à partir, le bras tremblant presque de toute sa tension, il a fallu parvenir à me relever et rejoindre le bras, un réflexe encore, chercher le numéro de téléphone pour ces cas-là, l'endroit où je pouvais dire sans même comprendre ce que je disais pour qu'on me dise en retour ce que je devais faire, et la machine a démarré le processus légal au bout de mes sanglots et de ma haine, toute la douleur du monde à ce moment concentrée en moi, le Hurlement contenu cette fois, et savoir que j'allais vivre définitivement le Hurlement qui ne sortirait plus jamais et qui deviendrait mon plus intime compagnon, mon trésor indicible, niché dans mes cellules.

Le Hurlement sera mon ami, pour le reste de mes jours de vie.

- 3 -
Nohé
Il pleut sur Nantes, donne-moi ta main

Nohé lit et relit, lentement d'abord, puis vite. Elle se souvient de cette soirée et de la précédente dans un flou étrange, elle pense que son esprit a fait ce qu'ils font, les esprits, ils amortissent les chocs en arrondissant les angles au fil des ans, ils les rendent admissibles, lourds comme des valises qu'on laisse au grenier en espérant que la poussière les fera disparaître.

Elle n'a plus repensé à *ça* depuis des années, elle avait un accord avec Héloïse – le dernier de leurs accords à ce propos – tous passés en une phrase et ordonnés par Nohé qui n'avait jamais eu à les négocier. Elle les énonçait : on avait d'abord cessé de dire « ton père » et « Papa » pour dire *lui* ou *il*, on avait poursuivi en disant *ça* lorsqu'il était nécessaire d'évoquer l'inceste. Le dernier avait été conclu lorsqu'elles avaient décidé que le temps était venu pour Nohé de voler solo.

Elles avaient alors mis-en-branle leur routine de voyage habituelle : rompre le bail de l'appartement et vendre la voiture, faire leurs valises, emballer les quelques objets à envoyer – jamais plus de cinq cartons chacune –, donner tous les autres à l'exception des deux cuillers, deux verres à pied et deux tire-bouchons qui les avaient suivies partout et que cette fois-ci elles avaient répartis, comme un grigri.

Quand tout avait été prêt, elles s'étaient assises en tailleur sur le parquet du salon, dans leur appartement new yorkais, après que le livreur eut apporté les pizzas – légumes de saison, double fromage, et les pots de glace, Chunky Monkey pour Nohé, Strawberry Cheesecake pour Héloïse –, elles avaient rempli leurs verres d'un Chassagne-Montrachet pas assez froid et avaient trinqué à cette route longue de douze années, depuis Nantes.

Nohé avait dit « à partir de demain, on n'en parlera plus jamais, on ferme le livre », Héloïse avait hoché la tête et bu son verre cul sec pour ponctuer avant de rire, « c'est criminel, nom d'une moinesse bouddhiste en combi vinyle, c'est honteux, un grand cru, bordel ! », Nohé avait pris une photo d'Héloïse à l'air hilare, son préféré – la main sur le front dans un faux air de drame – et elles s'étaient dit où elles envisageaient le pas suivant et solitaire, cette fois ; Paris pour Héloïse, « pas à Nantes, jamais, mais Paris est belle aussi, tu te souviens ? C'est la ville des premiers pas ! », Nohé resterait à New York, l'école d'art où elle ferait sa rentrée scolaire, « mais oui Mon Cœur, c'est parfait : c'est la ville qui ouvre le monde ! Hein ? », la chambre louée dans une colocation du Bronx qui serait parfaite pour devenir vraiment adulte.

Chacune avait pris sa route le lendemain matin avec l'engagement de se parler les samedis sauf urgence vitale, midi pour Nohé, dix-huit heures pour Héloïse. Aucune d'elles n'avait jamais manqué le rendez-vous, elles l'avaient ajusté au gré des décalages horaires.

Héloïse était attachée aux engagements pris, elle en tenait la plupart.

Les lignes du carnet d'Héloïse, posées dans une écriture penchée et presque scolaire, ramènent Nohé à Nantes et son brouillard de mémoire, celui qu'elle avait remisé le plus loin possible mais qui ne s'était jamais dissous.

Ça se manifestait souvent. À chaque fois qu'un homme la désirait, à chaque tentative de vivre une vie normale et sexuée, elle avait senti son corps se rétracter instinctivement. Sa peau l'avait avertie que le travail n'était pas fait et qu'il n'était pas question de sauter sur cette mine rouillée, et elle avait reculé. À force de reculs, elle avait fini par foncer bêtement dans quelques lits après avoir trop bu pour s'en donner le courage, arracher à son corps le droit d'un plaisir sporadique obtenu avec détermination pour ne pas en rester *là*, remiser Nantes et la rue du Château aux oubliettes.

Elle avait finalement trouvé refuge dans la masturbation à défaut de ne pouvoir vraiment désirer ni les hommes, ni les femmes. Elle la pratique comme une hygiène, comme elle brosse ses dents, chaque soir avant de s'endormir depuis des années – plus de deux décennies – et elle connaît si bien son sexe désormais qu'il lui faut rarement plus que cinq minutes pour jouir. Elle trouve une satisfaction dans l'idée que son corps n'exulte pas de façon chronophage.

Elle ne souffre pas de son célibat, la solitude la nourrit suffisamment. Elle est d'ailleurs devenue une photographe célébrée désormais, on tourne autour d'elle comme une bande de chats autour d'une souris, les agents, les galeristes, les journalistes, les fabricants de rêves immatériels, les représentants de commerce à leur façon, les faux fans en quête d'une caution sociale et les vrais admirateurs qui pensent savoir qui elle est après avoir lu un portrait ou deux, mal écrits par des éditorialistes qui lui inventent une histoire dramatique. Il leur aurait suffi de savoir Nantes, ils n'auraient pas eu à lui inventer ce mystère, à deviner un cataclysme caché sous ses cheveux teints en noir de jais et l'eye-liner qui cache ses yeux, sa silhouette d'aiguille et sa peau de tatouages. Sa stratégie esthétique leur suffit à inventer des dépressions en série et des comas éthyliques, aucun n'a jamais pris le temps de voir qu'elle boit rarement et que ses ivresses sont plus rares encore.

Ni qu'elle réserve sa joie à sa solitude, tout bonnement.

- 4 -
Héloïse
- Dragons aphones -

Peut-être qu'un jour, je regarderai derrière moi, nous, et je penserai que c'est loin. J'aurai oublié des détails, des secondes, la mémoire fait ça, dit-on, elle cache des choses dans des recoins, on pense les avoir oubliées mais tout est en stock, juste difficile à ramener.

On a des petites victoires, des combats de haine, de douleur ou de peur, selon le jour, selon le sujet. Aujourd'hui, c'étaient les trois rassemblées dans ce petit bureau du palais de justice, avec le lino dans un couloir qui mène à cette pièce – mon avocate appelle ça « le cabinet » – le bureau du juge, et en quelques minutes, là, il faut parvenir à ne rien dire, ni trop ni pas assez, à se taire, surtout ne pas pleurer ou au moins pas trop parce que les trouilles, les relents, les choses si humaines ne sont pas la loi. La loi, elle s'en fout de savoir si tu vas crever sur cette chaise, elle n'a pas à s'en préoccuper, elle a à régir. Mais on ne régit pas l'humanerie, on la règle, on la cadre, on la canalise comme on peut et puis finalement, on écrit des lois pour ne plus avoir à prendre en compte toutes ces secondes de trop, de trop de vie qui explose et qui défonce les plafonds.

Elle sert à ça, la loi : à ne pas laisser l'humanerie déborder et faire des tâches sur le lino que l'argent public paie, ne pas tacher la cravate du juge assis en face de toi non plus, ses lunettes vissées sur son nez comme un bouclier invisible – comme ce truc qui protège l'Enterprise pour que les attaques soient moins fortes, tu entends le Capitaine Kirk dire à son second de déployer le bouclier –, et le juge, lui, a ses lunettes pour s'abriter de ton regard qui cherche un signe, n'importe lequel, le moindre mouvement que tu cherches pour savoir s'il saisit vraiment ce que tu tentes de lui dire mais pas trop ni trop peu parce qu'on t'a bien prévenue, le coup des larmes est toujours risqué et il n'est pas là pour l'humanerie, le juge, il est là pour appliquer la loi à ta vie qui s'effondre.

D'ailleurs il ne te regarde même pas, il garde les yeux sur son bureau sur lequel le dossier est ouvert, tu sens qu'il refuse de te regarder tant il regarde ce foutu dossier, tu vois bien qu'il ne veut pas te regarder parce que peut-être il te méprise déjà, il a lu le dossier avant et il a déjà décidé qu'il n'allait pas t'aider. Et parfois, c'est moins grave que ça ne l'était aujourd'hui.

Parfois, tu ne viens pas devant lui en sachant qu'il pourrait remettre ton enfant dans les mains d'une ordure, parfois c'est juste une histoire de droit de visite, une bataille d'adultes vaine et colérique, des horaires et des jours de vacances que personne ne veut lâcher, des trajets en train ou en voiture que personne ne veut plus faire, et le juge ne te regarde pas parce que déjà, il te méprise, il se demande sans doute pourquoi on l'oblige à perdre son temps à calmer des parents comme il éteindrait un caprice dans une cour d'école, toutes ces études faites aux frais du contribuable, des années à avaler tous les codes de procédure, des centaines de pages de jurisprudence, si tu crois que ça l'a amusé de se farcir tout ça, et c'était pour finir par trancher les engueulades de parents qui ne digèrent pas que Madame ait couché avec le voisin bien gaulé alors que Monsieur bandait mou, ça rendrait les choses compréhensibles si on y pense un instant, c'est tout de même un gâchis incroyable.

Il se dit ça, le juge, tous les jours dans son cabinet, alors il ne te regarde pas. Il ne regarde plus personne, tu n'existes pas face à lui, même si ce matin tu n'es pas là pour lui demander de punir ton ex-mari de te faire chier depuis des années, tu n'es pas là pour qu'il te venge, ce matin tes tripes sont prêtes à s'étaler sur son bureau parce que c'est sérieux cette fois, c'est pour de vrai, tu sais que jamais tu n'accepteras de renvoyer ton enfant chez ce salopard dont elle est constituée pour moitié, tu sais que tu iras en taule si nécessaire mais que ça, tu ne le feras plus, et tu es venue demander au juge de te laisser mettre des kilomètres entre cette raclure et ton enfant, de l'éloigner, vite, maintenant, d'annuler toutes les autorisations, tous les droits de visite, tu es venue avec cette supplique hurlante dans la gorge et tu ne peux pas la laisser sortir quand ce foutu juge ne te regarde pas, quand ton avocate récapitule et détaille encore tout ce qui vient de se passer, elle déroule ça calmement parce qu'elle sait comment il faut faire, elle le fait si souvent, elle sait à quel moment elle pourra s'indigner, elle sait s'il faut rester impassible, elle a les codes de conduite intégrés que personne ne peut te donner vraiment, elle dit encore tout ce qu'il a fait à ta fille et tu aimerais pouvoir voir dans les yeux du juge un instant d'humanité parce qu'à chaque mot qui redit, récapitule et replace le contexte, tu as envie de hurler la douleur que tu n'as pas le droit de ressentir officiellement.

Tu es la mère dragon, tu combats et tu ne souffres pas.

Il ne te regarde pas ce foutu juge, et tu caches tes mains serrées l'une contre l'autre entre tes cuisses, tu attends qu'on t'autorise à parler, et tu entends à peine ta voix dire « je veux juste la protéger, je suis venue parce que c'était la seule chose que je pouvais faire, c'est pour ça que je suis ici », tu réussis à garder le Hurlement et tes larmes à l'intérieur et tu te dis que même s'il est 11 h du matin, un shot de vodka glacée t'aiderait sans doute, heureusement que ça ne se fait pas, on ne boit pas de vodka à 11 h et ça sauve ton estomac, alors tu remercies les convenances de te sauver de l'alcoolisme.

Et tu attends que le juge décide.

- 5 -
Nohé
Mon enfant, ma sœur, songe à la douceur

La rue du Château se déploie, Héloïse parvient à ramener ce qu'elle veut. « T'es chiante, Maman… on avait un accord ». Nohé sourit presque mais plus vraiment cette fois, elle se sent allongée sur le canapé rouge de l'atelier d'Héloïse sans avoir le souvenir d'avoir bougé et lève les yeux sur les photos qui tournent en boucle, on est à Lisbonne maintenant, les pavés de basalte se déroulent sur l'écran dans ces floraisons permanentes, elle pense au salon de Nantes qui ne la lâche pas et dans lequel elle se sentait souvent virevoltante, face à la cathédrale étalée devant les trois fenêtres qu'elle trouvait immenses. Elle se revoit y danser, tourner et courir sur le parquet glissant, la chambre de sa mère à côté et la sienne en enfilade, c'était un parcours quotidien fait de roulades et de fausses courses-poursuites jusqu'à son lit et aux histoires lues dans le creux des bras pour rejoindre Morphée. Héloïse avait inventé une histoire dans laquelle Nohé se joindrait à une aventure faite de songes tous les soirs, il fallait partir dans son sommeil à la recherche de Morphée qui détenait les secrets de la vie qu'elle mènerait un jour, une terre d'aventures folles et assez probables pour son imagination d'enfant.

Après *ça*, Nohé n'avait plus eu envie de chercher Morphée dans ses rêves, il fallait chasser les monstres dans l'éveil, elle avait imposé un autre rituel : regarder sous le lit d'abord, dans les placards ensuite, le panier à linge et le coffre à jouets, le four et le réfrigérateur, tout ce qui avait une ouverture et une contenance, vérifier la fermeture des fenêtres et des portes, s'assurer que l'appartement était une forteresse verrouillée et revenir au lit enfin pour une ultime vérification. À ce moment seulement consentait-elle à s'y glisser, si Héloïse s'asseyait à côté du lit, au sol et tenait sa main doucement tendue pour que Nohé puisse y poser la sienne, et chanter sa chanson. « Elle avait des bagues à cha-aque doigt, des tas de bracelets autour des poignets et puis elle chantait avec une voix qui sitôt m'enjôlaaa ».

Dans les semaines qui avaient suivi *l'événement*, Héloïse avait vendu l'appartement et elles avaient commencé leur grand voyage, sans le savoir. Un matin, devant leur petit-déjeuner, elle avait pris cet air de fête dont Nohé avait appris à se méfier, il annonçait toujours une conséquence à gérer plus tard.

Héloïse ménageait ses effets mais pas toujours leurs suites.

Cette fois, elle avait entendu sa mère lui dire qu'elles partaient pour Paris, une nouvelle école, une nouvelle vie pour toutes les deux, non, ça n'était pas si loin, deux heures de TGV, mais là-bas tout serait plus grand ; il y aurait du travail pour Héloïse et elles exploreraient le métro, c'était toujours une aventure le métro quand on y pense, tous ces chemins sous terre méritaient quelques années pour livrer leurs secrets. Elles deviendraient des taupes exploratrices, expertes en spéléologie urbaine, voyageuses instantanées dans un périmètre minuscule dont le monde entier parlait. Nohé avait demandé à voix presque inaudible si *lui* viendrait aussi, Héloïse aurait répondu que non, *il* ne serait plus là, plus à côté, que ça aussi, c'était fini, qu'il y avait encore beaucoup de juges pour prendre des décisions mais que le premier avait déjà dit qu'elles pouvaient aller à Paris, et ç'avait donc été leur pas initial et initiatique, tout à la fois.

Elle avait fait une pause de quelques secondes et s'était levée en regardant Nohé avec cet air de mauvais coup en préparation, le sourire en coin et les yeux plissés, elle avait ouvert un placard dans la cuisine et en avait sorti une boîte couverte d'un papier cadeau noir, comme dans ces endroits très chers où elles entraient pour jouer à trouver tout moche par snobisme, elle l'avait posée sur la table, « c'est pour toi, à Paris, tu vas pouvoir saisir tous tes nouveaux souvenirs pour remplacer ceux que tu veux jeter ». Nohé avait déchiré le papier prudemment et découvert la boîte sur laquelle était imprimée l'image d'un appareil photo, un vrai comme ceux des adultes, pas une babiole pour occuper les enfants oisifs et bruyants. « Mais je sais pas m'en servir, c'est pas pour les enfants ton truc », et Héloïse avait ri et levé ses bras vers le plafond avant de les laisser échouer sur le haut de son crâne comme elle aurait posé un casque, « mais mon Ange, si t'as appris à marcher, tu te rends compte ce que c'est d'arriver à marcher ?! Ça, c'est peanuts[2] à côté ! »

C'est là qu'avait aussi commencé leur rituel d'épuration matérielle. Nohé se demande si Héloïse savait déjà que ce serait une étape dans leur errance. Il avait fallu se débarrasser de ce qui n'était pas indispensable et prévoir les bons contenants, l'appareil photo pour éliminer les souvenirs de cyanure, et puis les jouets, les livres et les peluches, les vêtements à sélectionner pour ne garder que ce qui aurait vraiment manqué. Héloïse avait gardé peu de choses, Baudelaire en Pléiade, deux verres à pied, deux cuillers et deux tire-bouchons, et ce petit zesteur, « Ma fille, tout est toujours concentré dans un zeste. Et on doit bien vendre du gin et du tonic partout dans Paris, non ? », Nohé avait emporté deux peluches, une boîte à musique et le livre-album du *Soldat Rose*, elle avait tout juste réussi à persuader Héloïse de la laisser prendre ses précieux Legos, qui y avait ajouté des vêtements, une boîte à pharmacie et quelques produits d'hygiène.

Et elles étaient parties.

- 6 -
Héloïse
- Rituels thérapeutiques -

Il y a ce moment, où il faut faire un choix entre deux chimies : les antidépresseurs ou les herbes illégales. Deux genres d'adoucisseurs de douleur, tentatives de soulagement rêvé qu'on n'atteint jamais, comme la queue qu'on tente d'attraper dans le manège et qui s'échappe quand on la frôle.

On peut trouver ça idiot, mais lorsqu'on n'est pas « la victime », on est assis entre deux fauteuils inconfortables, la légitimité en berne. C'est une chose, d'être victime déclarée, à un pas d'être reconnue, dont personne ne nie la destruction ; c'en est une autre d'être cette barrière immédiate, obligatoire. Ça ne donne pas droit à la souffrance, à l'écrasement. À la seconde on exige la solidité, on refuse l'effondrement, on nie la possibilité de la faiblesse.

Oh, on le dit, bien entendu. On nous dit qu'on comprend, qu'on compatit, qu'on souffre pour nous, avec nous : « Prends soin de toi, tu consultes au moins ? Demande à ton médecin de t'arrêter, tu tiendras pas longtemps comme ça, tu vas craquer ».

Puis on module. Aux mots de compassion suivent d'autres, qui concluent : « Sois forte ». C'est un impératif, le fusil de l'officier mettant en joue ce soldat trop jeune, terrifié de sortir de la tranchée pour aller tuer son double, de l'autre côté de la boue entassée. Ça n'est pas que personne ne pense à nous, c'est pire. On est l'outil à qui on nie la possibilité de l'échec. Les dysfonctionnements nous sont interdits. Les hésitations proscrites. Les erreurs sacrilèges.

Alors vient ce moment où l'on fait un choix entre deux chimies. Le pharmacien ou le dealer.

Ce jour où je savais qu'une nuit de plus sans sommeil m'ôterait la possibilité d'être debout.

Ce jour où tu as pris ma main, pour me montrer. « Donne-moi ta main Maman, je vais te montrer comment *il* a fait. Non mon Cœur, je ne peux pas faire ça, si je faisais ça, je te manquerais de respect, tu sais. Je sais, c'est difficile de le dire, mais tu peux prendre ton temps et quand tu voudras me dire, tu le feras, tu verras, les mots viennent un jour. Ils font mal ces mots-là, je sais bien mais ils viendront, et en attendant je suis là, ne t'inquiète pas, je vais t'aider, je suis ton bouclier magique comme dans les dessins animés ».

Le jour où tu t'es jetée sur moi, à la sortie de l'école, en larmes : ton amie, la seule à qui tu avais pu parler, avait révélé ton secret à toute la classe.

Le jour où l'OPJ de la Brigade de Protection des Mineurs nous a convoquées, et que tu as vomi pendant des heures, des heures à voir ton corps expulser la salissure sans répit, tout nettoyer, vite, fort, la puissance de l'estomac qui ne peut plus encaisser, rien n'en sortait plus à la fin pas même de la salive, tu avais purgé toutes tes contenances et tu hoquetais des spasmes de rien.

Elle s'appelait Charlotte, l'OPJ. Charlotte qui a écouté, entendu, reçu. Comment vit-on, lorsqu'on est Charlotte ? Comment vit-on tous ces jours, toutes ces heures à entendre ces colliers de perle d'immondices déversées, la vie de Charlotte noyée dans l'océan des saloperies de l'humanité. Charlotte qui n'a pas minimisé, qui a cherché toutes les vérités, jusqu'au bout, qui n'a renoncé à rien, pas une parcelle de nos dignités détruites, rien qu'elle n'ait laissé mourir comme d'autres laissent des êtres se noyer seuls en Méditerranée. Le regard de Charlotte, droit, clair sur tes yeux baissés. La douceur de Charlotte à ton égard, ne pas te presser, te laisser dire, le temps qu'il fallait pour que tu puisses dire elle le prenait, tout le temps nécessaire pour que les mots te viennent et tu as vomi auprès de Charlotte, et Charlotte a reçu la bile de tes neuf années et demie d'existence ravagée.

Chacun de tes jours, chacun de tes instants me tuait, la somme de ta douleur et de ton effondrement était concentrée dans mes larmes fantasmées mille fois, les monceaux de « pourquoi il a fait *ça* ? Comment on peut faire *ça* ? » s'écoulaient de ma gorge en geyser.

Il fallait tenir. Tenir, encore, toujours, sans fin, sans interruption, maîtriser la haine, la terreur, le dégoût, parvenir à effacer la sensation que j'avais adoptée comme pour ne jamais lâcher cette petite main qui s'était construite dans mon utérus, chaque geste que tu avais subi je l'avais senti, toutes les odeurs venaient à mon cerveau, les mots je les entendais de cette voix que j'avais connue, le monstre avait été mien, avant. Il fallait tenir et se taire.

L'homme qui m'aimait que je ne pouvais plus regarder, la simple pensée du sexe qui me rentrait en moi, mon sexe à moi fermé comme une huître terrifiée, les amis qui ne savent pas quelle distance est la bonne, le divan comme une survie à peine possible, la psy qui souffre aussi, par rebond, je voyais dans ses yeux son impuissance, son affection. « Je suis inoxydable, vous savez. Je suis inoxydable », je répétais en boucle, comme on chantonne un air pour fixer la mémoire sur le détail d'une leçon qui s'échappe. Marignan, 1515. Mais où est donc or ni car. Cinq fois neuf quarante-cinq. Je suis inoxydable.

La souffrance dépasse ces stratagèmes, la thérapie fournit un exutoire larmoyant ; c'est déjà ça. Mais le sommeil ?

L'appétit ? La possibilité de voir le ciel au petit matin ? Rien ne les rend que la chimie, qu'elle soit synthétique ou végétale. Alors j'ai plongé dans ces herbes que la loi ne nous accorde pas, cette bouée de secours qui me terrifiait moins que l'autre, celle que l'Académie de Médecine veut appropriée.

Ça n'a pas été facile à trouver, tu sais. Pas difficile, mais pas si simple, un entre-deux socialement mal défini, il a fallu que je demande à des amis, parfois des connaissances et c'est bien ça le plus difficile : demander sans savoir comment la chose sera accueillie.

Comment regarde-t-on une mère qui pose ce genre de questions ? Il y a bien des mères qui boivent, mais elles n'ont pas à demander, il leur suffit d'acheter. Les drogues légales ont cet avantage de fournir des planques. Les autres, il faut commencer par les confesser pour les obtenir. Confesser qu'on a accepté l'idée d'une addiction comme seul recours à notre santé mentale. Confesser qu'on n'est pas assez solide, mais sans pouvoir dire pourquoi, sans pouvoir raconter ce qui nous a presque tuées.

Et on se rend compte finalement qu'on n'est pas seule. On y trouve une sorte de point commun secret, on s'aperçoit que dans cette vie, dans ce monde, la plupart des adultes citadins se réfugient dans une addiction ou une autre pour trouver quelques millimètres de survie, juste l'espace d'une bouffée d'oxygène volée. On voit soudain ce regard de connivence, qui dirait « non j'ai pas justement, si tu trouves, refile-moi le tuyau, je cherche aussi », ou celui qui annonce que oui, on a enfin localisé la camisole thérapeutique comme un parapluie improbable.

J'ai plongé dans le seul soulagement possible. Celui qui me permettrait de fonctionner le jour, et de dormir la nuit. Celui qui me donnerait une chance de te sauver sans en crever. Après que le sommeil t'emporte, après ton rituel de murs construits avec rien, je bâtis mon écran de fumée.

Sortir la feuille fine de son étui de carton, la poser sur la table de la cuisine, la déplier et lisser le pli, poser dessus un filtre extrait de son sachet, ouvrir le bocal de confiture, en sortir une tête de fleur fanée et l'émietter sur le papier, prendre un peu de tabac dans son sachet et mêler les deux poisons l'un à l'autre, saisir la feuille pleine et poser mes pouces d'un côté, mes index de l'autre, serrer par mouvements rotatifs jusqu'à sentir que la feuille peut tout envelopper, lécher son bord en grimaçant, le coller en joignant le tout en cylindre, taper l'extrémité contenant le filtre doucement sur la table puis saisir le briquet, ouvrir la fenêtre, allumer, inhaler et souffler, sentir dans ce souffle que le calme va revenir pour un moment, après que mes larmes auront coulé dans un torrent dingue et qu'ensuite seulement, je pourrai dormir.

J'ai plongé mon Cœur, j'ai plongé et je nage, désormais. C'est tout ce qu'on doit faire avec ça : garder la capacité de nager. Il faut sortir de l'eau de temps à autre, quelques jours, parfois quelques semaines, pour savoir si on peut encore poser un pied sur le bord de la piscine, si on n'a pas perdu pied. Il faut vérifier les systèmes de sécurité, s'assurer que les piles du détecteur de noyade sont toujours chargées. Faire en sorte de garder une alarme en éveil et ne pas retourner dans l'eau tant qu'on a trop envie. C'est le besoin qui doit diriger. L'envie, c'est elle qui nous tuerait vraiment, qui nous sortirait du monde.

Tant que je pourrai remettre l'envie à sa place, je retournerai faire des brasses. Ne t'inquiète pas, mon Cœur. Je nage.

- 7 -
Nohé

Paris sera toujours Paris.
Qu'est-ce que tu veux qu'il fasse d'autre ?

Paris avait semblé chaotique à Nohé, à leur arrivée. Le métro était un enchevêtrement étrange et ordonné de fourmis humaines, comme si chaque insecte sur deux jambes circulait instinctivement, personne ne doutait de sa direction, on marchait comme on respirait dans les couloirs sans jamais s'arrêter tant que le quai n'était pas atteint. C'était alors le signal de l'immobilité. Des milliers de silhouettes les unes croisant les autres dans un souffle à peine sorti de sa cage thoracique, l'humanité qui s'ignorait et se frôlait en permanence, un ballet chaotique et impeccable, l'anarchie parfaite du mouvement de Pina Bausch, une minutie dans laquelle aucun pas ne se posait au hasard et semblait erratique, pourtant. On y était anonymement nombreux, la ville vortex concentrait une humanité absente dans sa multitude, les regards fuyants qui n'étaient même pas indifférents, ils étaient entrés en eux-mêmes, comme abrités derrière des consciences sous protection rapprochée.

À Nantes, les fourmis étaient moins nombreuses la plupart du temps, et lorsqu'elles se rassemblaient en nombre elles semblaient sur leurs gardes, elles se regardaient pour ne pas se télescoper, on se surprenait à être en nombre et on le disait, « oh il y a du monde aujourd'hui ».

Paris était l'inverse, le négatif étrange dans lequel on ne se voyait plus à force de voir trop de soi-même, partout.

Il lui avait fallu quelques semaines pour s'intéresser à l'appareil photo, presser les boutons pour comprendre son fonctionnement, tourner l'objectif et saisir que les images en étaient modifiées, près et loin, floues et nettes, colorées et sombres, claires et saillantes. Elle avait commencé par photographier des bâtisses, des objets au hasard, des monuments au gré de leurs visites de week-end quand Héloïse ne travaillait pas, elle saisissait tout ça pas vraiment par intérêt esthétique ni culturel, mais pour qu'Héloïse se dise que l'objet lui donnait une nouvelle histoire à écrire.

Elle avait dix ans et déjà, elle avait compris qu'Héloïse était son seul socle et qu'elle devait vérifier son étanchéité, solidifier cette base unique, que rien ne pourrait remplacer tant qu'elle ne serait pas en mesure de s'assumer seule. Elle voyait ses regards silencieusement inquiets, une fébrilité de pudeur, cet élan qui n'ose pas être de la fête dans une tension permanente et indicible, une question sous-jacente et harcelante, « dis, je t'ai sauvée hein ? Dis-moi que j'ai réussi à te sauver, je t'en supplie, j'ai besoin de t'avoir sauvée de tout, c'est ma seule survie possible et je ne suis pas prête à mourir, pas encore. »

Alors Nohé donnait le change, elle fournissait à sa mère l'oxygène en suffisance et chacune dansait dans ce rythme, l'une avec l'autre et l'autre avec l'une, dépendantes de leurs battements de cœur mutuels. Elles étaient désormais condamnées à se sauver ensemble, aucune n'aurait pu parvenir à franchir ces continents de cactus sans l'autre.

Héloïse avait voulu donner les moyens à Nohé d'écrire une autre histoire, de commencer des chapitres et de les finir ou pas, de faire ce que font les enfants normalement, elle avait enchaîné dans la disparition de la normalité enfantine en lui donnant l'outil de récréation comme une obsession, un devoir maternel absolu de substituer la disparition d'une vie paisible par autre chose et les images à fixer lui avaient paru être une piste viable sans doute pour l'avenir, l'idée de feuilleter un album sans laideur, si possible.

Nohé avait commencé comme ça à saisir des images qui nourrissaient sa mère, un « regarde Maman » universel de réassurance se posait avec le Louvre, le Sacré-Cœur et les Invalides, les pierres haussmanniennes et les vitrines de Noël des grands magasins, des mois durant elle n'avait rien saisi d'autre, et après tout, que peut-on saisir à dix ans, quand l'œil a si peu de chocs en mémoire que les siens propres ? Il n'y a que les douleurs enfermées en soi qu'on peut remarquer dans l'enfance, les autres sont conceptuelles, impalpables et étranges, elles n'ont pas de cohérence réelle, on les juge à l'aune de ce que les adultes dictent.

Il avait donc fallu du temps à Nohé pour qu'une histoire surgisse en elle, l'histoire qu'elle voulait raconter. C'était arrivé un jour de printemps comme Paris les offre, quand le vent frémit encore et le soleil perce à peine après la pluie, l'avril qui fait poindre des rayons chaleureux mais ne les livre pas encore vraiment, on hésite à porter un manteau et on passe l'avant-bras dans une fenêtre pour tester la température timidement, savoir si on grelottera ou si la sueur nous fera regretter les épaisseurs de tissus. Il y avait une exposition au Grand Palais qu'Héloïse avait classée au registre des choses à voir et elles avaient pris le métro pour s'y rendre comme d'habitude, mais cette fois Nohé avait croisé le regard de cet homme allongé sur le quai sans que son odeur crasseuse de misère infinie ne prenne le pas pour détourner son regard, il y avait eu ces secondes entre eux deux et elle avait lâché la main d'Héloïse dans un glissement pour s'approcher de lui, se planter là, face au monticule d'objets indispensables et vains qu'il avait amassés : des couvertures mitées et des capsules de bouteille, des cartons pour adoucir le sol et des sacs en plastique pliés, des ficelles enroulées et des chaussures de femme, un vibromasseur qu'il passait sur son crâne dégarni en mouvements circulaires comme s'il avait voulu obtenir la protection d'un talisman. Il avait souri étrangement comme un personnage de conte en la regardant venir à lui, le sage sur le bord d'une route abandonnée qui détenait un secret. Elle avait levé l'appareil photo pendu à son cou par la sangle, collé l'objectif à son œil sans un mot, il n'avait rien dit non plus, ils avaient décidé dans cette seconde de sceller le croisement de leurs vies dans un clic sans réglage de lumière ou de netteté.

Elle avait pris la photo au moment où il avait pointé un doigt amusé vers elle, l'œil droit rougi et boursouflé avait cligné et l'index s'était dressé devant l'objectif en remuant, comme pour lui dire « tu as vu, tu es maligne petite fille, tu as vu que j'existe », elle avait appuyé sur le bouton et clic, il avait été fixé comme ça sur la carte mémoire de l'appareil trop grand pour une enfant. Nohé avait baissé la main et l'appareil avait repris sa place sur son torse au bout de la sangle, superposé sur son pull rose et la licorne qui s'y étendait comme un contraste patent de ce que sa vie aurait dû être de légèreté et d'insouciance face à la plongée étrange d'un homme pour qui tout était aléatoire. Elle avait tourné les talons et avait rejoint la main d'Héloïse, l'homme avait été englouti dans le déni de la ville urgente, le métro avait atteint le quai et elles avaient embarqué dans la rame.

Ce jour-là, sans que sa conscience ne le sache, elle avait trouvé son histoire de Paris à raconter en images, et rien d'autre n'était plus venu se poser dans l'objectif de la machine que ces êtres-ombres dans les couloirs du métro parisien pour tout le temps qu'elles y avaient passé, sur les trottoirs et les bouches d'aération qui les réchauffaient. Plus rien d'autre que ces êtres absents pour le reste du monde, ceux que personne ne voyait plus, la peur de devenir eux faisait fuir les regards au loin : ne pas regarder c'est nier l'existence, comme on ne nomme plus, comme on dit *ça* et *lui*, comme elle ne disait plus ce qui la torturait pour jouer à cache-cache avec *cette nuit-là*, elle avait trouvé ce que le reste de Paris fuyait et elle se concentrait là-dessus partout et toujours, dans ses balades avec Héloïse.

- 8 -
Héloïse
- Carcasses jouissives -

Il est mort. Hier.

IL EST MORT.

Trois mots qui tournent dans ma tête comme une comptine, c'est la chute d'une histoire irréelle, comme Gretel dit à Hansel qu'ils sont sauvés.

Il s'est encastré dans cette voiture, son corps a pris feu avec le reste de cette carcasse, les deux carcasses mêlées l'une à l'autre dans un feu de joie.

Je vais devoir te le dire aujourd'hui. Je ne peux pas attendre, laisser la nouvelle mourir de silence, sa mort ne peut pas être silencieuse, il va falloir trouver les mots. Je tourne autour des mots, je les cherche et ils m'échappent encore, entre « Chérie, j'ai une nouvelle merveilleuse à t'annoncer » et « tu sais, il s'est passé quelque chose, il faut que je te parle, assieds-toi, mon Cœur ». Je me prépare à ton choc incrédule, cet autre tremblement de terre qui va t'ensevelir, encore un, encore tes fondations à reconstruire, encore une chose qui s'inscrit en toi sans que tu aies pu comprendre ce qu'est une vie humaine.

C'est ta grand-mère qui me l'a dit. Elle m'a appelée ce matin, sa voix pâle a dit « Héloïse, il s'est passé quelque chose, c'est un drame, mon Dieu pourquoi ça m'arrive à moi », elle pleurait son fils et je n'ai pas eu l'énergie de lui dire d'aller brûler en enfer avec son rejeton lorsqu'elle a parlé de sa douleur, je n'ai pas dit que c'était bien fait pour elle, que j'espérais qu'elle en chie tellement que son cul explose dans un feu d'artifice pas maîtrisé et qu'il lui ravage le corps tout entier et que ça la consume, là, tout de suite, devant mes yeux extatiques d'un spectacle si minutieusement parfait. J'ai senti mon visage se tendre et se déformer, prendre la mesure du dégoût et du soulagement mêlés, et puis à quoi ça aurait servi, alors j'ai inspiré silencieusement, expiré en lenteur, j'ai tout étiré.

C'est une mère qui pleure son fils, dans ses larmes qui ne parlent jamais de toi et qui s'en foutent tant qu'elle a la paix et qu'elle peut se répandre en prétendant qu'elle est victime de quoi que ce soit cette vieille carne rance, aussi vomitive soit sa tristesse et aussi niée soit sa faute à elle d'avoir engendré une telle saloperie, sa faute originelle parce que, quoi qu'il arrive, c'est toujours la faute de la mère à laquelle on revient, tu peux regarder partout va, n'importe où, c'est bien toujours notre faute à nous, les mères, notre croix utérine est immuable. C'est une mère qui pleure son fils et j'ai juste demandé comment et quand et puis j'ai dit « je vais lui en parler, envoyez-moi les détails pour les funérailles, je verrai avec elle si elle veut y aller, je sais pas, elle décidera, je ferai comme elle veut ».

On n'aura pas le temps d'entendre un tribunal, *il* n'aura pas le temps de dire qu'*il* n'était pas dans son état normal, qu'*il* ne savait pas, encore, tu n'auras pas à dire, encore mille fois répéter, repasser les gestes et les instants à tous ces experts qui mesurent la déchirure, tous ces gens qui quantifient le dommage, la dose de destruction raisonnable et posée comme une addition sur une ardoise d'école à la craie grinçante qui fait mal aux dents, mais quelle justice aurait pu réparer *ça*, vraiment ? Sa mort était la seule sortie possible, notre seule porte à nous, aucune autre n'aurait pu nous dire que c'était fini cette fois, vraiment, que rien de tout *ça* ne recommencerait jamais.

J'ai commencé à y réfléchir à l'instant où j'ai raccroché le téléphone. À la liberté. Comme si elle pouvait encore nous échapper, comme s'*il* était encore en vie prêt à nous enferrer, j'ai eu cette panique instinctive d'incrédulité et ça fait trois heures maintenant que je marche dans mon bureau, je fais les cent pas de droite à gauche et de gauche à droite, toutes les diagonales sur les dalles de moquette bleue corporate, je ne peux pas travailler et faire ces choses inutiles qui ne font que nourrir une machine à produire des objets dont personne n'a jamais eu besoin, mon cerveau ne décroche pas de ça, est-ce que c'est vraiment vrai, dans la réalité d'une dimension dans laquelle on vit toutes les deux ?

IL EST MORT.

Je tourne en rond dans ce bureau trop petit comme la boucle dans mon crâne, ça ressemble à un circuit de train électrique sans fin, un Mœbius frénétique, c'est vertigineux, tout cet espace qui nous est rendu soudain.

Comment tu vas traverser ça, toi ? J'ai déjà décidé de limiter les questions de peur de réveiller des angles en toi, pour te laisser la possibilité du silence. Même quand ça me lacère le cœur, et j'ai souvent l'impression que ça m'empêche de t'aider, cette montagne de silence qui me déchire les tympans. Ça m'empêche de te sortir le crâne de cette vague qui nous submerge et dans laquelle on est plongées toutes les deux quand j'aurais besoin de tant de mots encore et encore, plus, toujours des mots mais pas toi, je sais bien que tu veux du silence et j'ai décidé de te donner du silence, cette fois aussi, comme un cadeau que je te ferais contre ce truc qu'on dit, mauvaise fortune bon cœur. C'est tellement prêt à tout, le cœur d'une mère. Même au silence.

La vérité c'est que c'est un secret de joie, comme on fait sauter un plâtre après une fracture. Je me souviens de cette sensation quand on m'a retiré mon premier plâtre, j'étais petite mais je me souviens de la sensation de l'air sur ma peau, j'avais le nez cassé et j'avais quoi ? Cinq ans ? Le plâtre sur mon visage formait un drôle de masque, la maîtresse avait décidé qu'une activité de décoration de masque aiderait tout le monde et je m'étais retrouvée à porter des paillettes et des plumes pendant des semaines pour que les autres enfants n'aient pas peur du monstre blanc qui avait avalé mon visage.

La respiration instinctive. Ça m'a fait cet effet-là : instinctivement j'ai entendu ma peau respirer, elle a exhalé un soulagement du fond de tout. J'aurais pu visualiser les poumons de mes cellules se gonfler, presque, une baudruche interne qui reprend sa place.

Mon secret de joie le plus colossal et le plus secret, parce qu'évidemment, c'est tout sauf élégant la joie d'une mort, on ne la lance pas dans un dîner mondain.

Je le hais tellement. Sa mort est mon apaisement unique, ma lumière au bout de ce putain de tunnel, ce que j'entrevoyais comme ma récompense, je savais qu'elle viendrait un jour, mais si vite ?

Je suis un vertige merveilleux et interdit.

Tu ne sais pas tout, tu sais ce qu'*il* t'a fait à toi, le reste est enterré. Tout ce que j'avais choisi de garder dans un coin de mes archives intimes, comme un mauvais film que j'aurais vu il y a longtemps, une vague sensation à laquelle on décide de ne pas s'accrocher, on la laisse partir même si elle reste ; elles sont si têtues, nos minutes enchaînées dans la mémoire.

La haine, quand elle renaît comme ça, dans ce genre de circonstances, elle remonte comme une bulle d'air dans un verre d'eau, fine mais solide, déterminée, elle poursuit un objectif et rien ne peut parvenir à l'empêcher de faire ce qu'elle doit faire. Elle dévie sa route si nécessaire, elle passe entre les filets, elle écarte les molécules autour d'elle. On peut se taire, mais on n'enterre pas la haine comme on écrase un moustique.

Il a probablement moins souffert que si je l'avais tué comme j'ai fantasmé de le faire des centaines de fois : en commençant par les rotules avant de lui perforer les reins, et j'aurais mis une balle dans chacune de ses articulations avant de lui défoncer le crâne avec une dernière balle à bout portant. J'ai imaginé ses articulations se désintégrer à chaque pression sur la gâchette, je les ai visualisées dans leur éclatement épais, les tâches éparpillées au sol et sur les murs et je souriais à m'en désintégrer les mâchoires, j'ai vu sa douleur nourrir mon épuisement carnassier, la tension de souffrance sur son visage et son appel à la pitié qui me faisaient rire, « c'est à ton tour de cracher ta douleur, t'aimes ça petite salope immonde, moi j'aime te voir comme ça et t'auras jamais aussi mal que j'ai de plaisir à te voir comme ça », ses supplications me galvanisaient et j'avais envie de le torturer des heures jusqu'à la lassitude et c'est là, seulement là, que je faisais exploser sa boîte crânienne en le regardant dans les yeux, le flingue posé sur son front et le forcer à me regarder, être la dernière personne qu'il regarde et voir ma haine se planter dans ses yeux et savoir que s'il y avait une éternité, c'est avec ça qu'il la passerait, avec ma haine, l'ontologie de ma haine tout entière.

Dans une série, visualise la scène… ça ferait un carton, non ? Imagine la mère, une américaine middle-class, elle a une manucure parfaite et un teint de pêche, c'est Barbie-Mamounette, Bree Van de Kamp, la rouquine idéale et parfaite épouse de dentiste, elle prend la situation en mains avec son joli tablier liberty mauve, complètement et délicieusement timbrée, un plateau de cookies au kombucha et kale bio dans une main, et un Colt dans l'autre, un Colt avec un silencieux, comme dans ces putains de films où tout est parfait, absolument idéal pour te donner des envies de massacre. Je me suis fantasmée en Bree si souvent… parmi les choses que je ne peux pas te dire, il y a celle-ci : j'en ai joui, parfois, de façon si intense que ça me faisait peur.

J'ai joui de l'idée de sa mort, et j'en respire, maintenant.

Ça règle le problème de la mère sans sexualité, tiens : ta mère aime jouir comme tu ne le concevras jamais. Et je l'ai fait autant de fois que j'ai pu, j'ai pris soin de ne pas manquer une occasion de sentir un autre corps, de me repaître de ce frottement, je voulais rencontrer tellement de gens dans ces hauteurs-là et je l'ai fait, déraisonnablement mais en me foutant de l'opinion de ceux que ça terrifiait. Parce que ça les terrifie, tu sais, ça les écrase, qu'on puisse être une femme jouissante. Qu'on ne soit pas qu'un four, qu'un organe géant prêt à se reproduire, à faire des gâteaux et à torcher des culs de nourrissons, ça les glace, qu'on puisse jouir à s'en faire péter les cordes vocales, qu'on utilise nos corps seulement pour nous, pour rien d'autre que pour nous.

Prends bien la leçon maternelle du jour, par cœur, sur le bout des doigts : jouis ma fille, quand tu te seras guérie, va te frotter à d'autres corps, décrypte leurs mouvements, ressens leurs peaux, chacune de leurs odeurs, nourris-toi de l'humanité dans son essence. Rien, jamais, ne te donnera tant de vérité que la jouissance d'un autre corps au contact du tien. J'ai tant aimé tous ces emportements, j'aurais vendu mon âme pour jouer à ça le plus possible alors qu'on ne vend pas une âme, ça n'existe même pas, une âme, on n'a que nos cerveaux pour nous perdre et nous retrouver, tous les jours, toutes les heures, en permanence.

C'est subtil, un équilibre si fragile, capter un regard au bon moment, savoir qu'on marche sur le fil, tendre les mains pour tenter de trouver le point de gravité, tanguer, avancer un pas terrifié, se sentir trembler, les mains moites, le cœur en tambour vaudou, la danse de la pluie dans le cerveau, la vision presque trouble et les joues enflammées, mais rester à distance raisonnable pour faire durer le jeu et savoir que les cartes sont abattues dans le désordre, avancer le fou sur l'échiquier et savoir qu'on va dévorer et l'être, on va laisser l'onde éteindre le cerveau et on va devenir un corps, une peau, des nerfs irradiés peut-être et on en crèvera, mais on hésite encore un peu, la danse est si belle.

Ce qui m'habite dans sa mort, c'est que jamais je n'ai joui si fort qu'après avoir imaginé le tuer. Et *il* est mort sans mon aimable concours mais mort, et ça me suffit. *Il* est mort et je ris seule dans ce bureau entre deux instants éberlués. Ce qui reste de *lui* va pourrir dans sa boîte sous terre, et je me dis qu'*il* ressemble enfin à ce qu'*il* a été toute sa vie, comme une normalité à laquelle j'avais renoncé, c'est si normal et miraculeux soudain, qu'*il* soit crevé et qu'on se prépare à jeter ses restes comme les ordures qu'on ne traite pas parce qu'elles sont trop toxiques pour qu'on s'en approche.

On va partir, c'est à ça que je pense maintenant. Paris nous étouffe encore trop, je sens qu'ici on ne respire pas encore assez, ça fait un an maintenant qu'on a laissé Nantes derrière nous et nos souffles sont encore trop courts tu sais, je crois qu'on a besoin d'un ailleurs pour nous redonner la mesure de nos poumons.

Une page qu'on va tourner, la suivante est blanche, c'est un truc qui nous aveugle presque. Cette blancheur, ça va être la nôtre, la blancheur qu'on veut.

Je ne sais pas si tu sais ça, mais le blanc n'est pas vraiment une couleur, c'est un truc un peu étrange, dit-on : c'est comme un support qui te renvoie tout ce que tu lui donnes. Les scientifiques disent ça, et je ne suis pas certaine de comprendre complètement ce que ça implique, mais je me dis que si c'est vrai si c'est une sorte de miroir chromatique, ça nous donne le droit de choisir toutes les nuances. On va partir, teinter une nouvelle vie et le blanc va nous la rendre. Tout va être neuf à nouveau, pas seulement rénové, absolument neuf cette fois et c'est bien mieux qu'une distance, c'est pas juste un paratonnerre, c'est comme un cahier à la rentrée scolaire, sauf qu'à la place des leçons que les profs nous envoient dans le crâne on va choisir ce qu'on met dans le cahier de la rentrée.

On va partir, lentement et vite à la fois. On prendra notre temps, on s'arrêtera, on repartira, on ira partout. Au début je vais choisir, et puis on choisira ensemble, juste le temps que tu saisisses la mécanique du mouvement, que tu sentes que le danger est ailleurs et que notre solution, c'est cette enfilade d'ailleurs. C'est le contraire du danger. Comme pour reprendre la construction d'un échafaudage, comme si on avait dû arrêter les travaux, et soudain on va pouvoir reprendre tout ça, on repart. On laissera nos sables mouvants derrière nous, on les laissera pour d'autres qui ont de la place pour les ensablements, on videra notre quota comme ça, on les abandonnera sur le bord des routes, dans les ports, les gares et les aéroports pour qui veut les ramasser.

On va faire ça à l'ancienne avec du papier et un crayon, sur une carte routière en papier – ça ne va pas être facile à trouver, est-ce qu'on en fabrique encore, même ? C'est peut-être ça, vieillir, ça se fait par petites touches, comme quand on tourne indéfiniment pour trouver une carte routière en papier.

L'argent qu'*il* a laissé – parce qu'*il* en a laissé tu sais, j'en suis certaine, *il* était comme ça, le genre à avoir des vergers entiers de poiriers pour la soif – c'est pour ça qu'on va l'utiliser : nous guérir sur la route. *Il* va payer notre vie heureuse.

C'est ce qu'*il* nous doit.

- 9 -
Nohé

Le voyageur enfermé dans le malade à jamais sédentaire s'intéresse à la mort parce qu'elle représente un départ.

La mort était donc arrivée à Nohé par la voix et les yeux inquiets d'Héloïse. Elle avait compris que la soirée ne serait pas légère en voyant ses traits tendus, l'étreinte plus longue que d'habitude à la sortie de l'école ne laissait rien présager de bon. Elle avait ouvert les hostilités en demandant à sa mère si les juges avaient décidé de la renvoyer chez *lui* ; rien de plus grave n'aurait pu se produire, selon elle. Héloïse avait souri, « mais non mon Cœur, ça, c'est fini, je te l'ai promis, non ? C'est fini. On rentre, on parlera des sujets pas drôles à la maison ». Elles avaient fait le trajet en prétendant que tout allait bien, chacune attendant le moment d'affronter une réalité sans savoir à quoi elle ressemblerait, elles avaient déguisé l'angoisse en concentrant leurs efforts sur le rapport de la journée. En rentrant, elles s'étaient assises dans la cuisine, comme toujours lorsqu'il était question de choses sérieuses, et Héloïse avait pris sa main tendrement. « Mon Ange, il s'est passé quelque chose », et elle avait annoncé sa mort.

Il avait eu un accident de voiture grave, les médecins avaient fait de leur mieux et dans l'imagerie d'une réplique à la Grey's Anatomy, Nohé avait imaginé un bloc opératoire hollywoodien, une horde de sarraus bleus et de calottes assorties luttant pour sa vie en lançant des ordres urgents et millimétrés, une chorégraphie de scalpels rythmait le ruisseau sanguin, son corps ouvert sous une immense lampe blanche, et soudain la ligne sur l'écran avait cessé se briser en pics, tout était devenu plat et on avait entendu « heure de la mort, 23 h 46 ». Et puis le silence.

« Perdre » son père n'avait pas été l'objet de son deuil – elle l'avait perdu plus d'un an auparavant, son Papa, l'homme de sa vie selon le schéma classique d'une enfant, la représentation du héros merveilleux – quoi qu'*il* pût être en réalité.

Les enfants n'ont pas à se soucier de qui sont leurs parents, ils n'ont qu'à les aimer, les inventer, les créer comme ils les veulent quand la réalité manque d'ardeur à la tâche.

Mais tout avait été détruit en une nuit comme une fulgurance qu'une autre venait remplacer déjà, et il ne restait plus rien de normal dans la vie de Nohé depuis ce qui était une éternité pour elle. Un an et demi, le temps de perdre une vie, puis de se demander si la mort était un problème ou une solution.

Ce qu'elle avait perdu ce jour-là, c'était la possibilité d'incarner la colère, de lui trouver un coupable vivant, existant, un réceptacle de chair et d'os, de former un monstre quelque part, loin par mesure de sauvegarde mais objet de sa fureur lorsqu'elle devait s'exprimer. Vivant pour être détesté, elle aurait préféré qu'*il* conserve cette utilité, au moins. Ça lui aurait rendu service.

Allongée sur le canapé rouge d'Héloïse, le velours lui offre un confort hors contexte et Nohé se souvient de la seule question qu'elle avait posée à sa mère, quelques jours après qu'elle lui ait annoncé la nouvelle, « dis, qui je vais détester maintenant qu'*il* est plus là ? » Elle s'entend lancer la question comme un appel à remplir un vide insondable, la colère aussi puissante que l'amour inconditionnel qui l'avait précédé.

Elle n'avait soudain plus d'objet. Plus de lien. Plus de cible. Qui pourrait-elle détester, maintenant ?

Détester un mort lui avait semblé impossible, elle voyait dans les yeux partout autour la commisération, la compassion gluante et ridicule du directeur de l'école et de la maîtresse qui en faisaient trop pour donner le change devant Héloïse, des parents de ses camarades qui la regardaient avec effondrement sans imaginer d'autre cause que cette mort à ses regards photographiques sur le monde. On avait mal pour elle ou on se servait d'une douleur supposée de bon aloi pour s'occuper en substance, renoncer à râler à propos des embouteillages ou des impôts trop élevés pour un métro qui fonctionnait si mal, des saisons qui n'existaient plus ou des déclarations creuses de politiciens se sentant obligés de s'indigner de leurs propres affres, puisqu'on connaissait une pauvre enfant, voyez-vous, une gamine à qui rien n'était épargné, si vous saviez, c'est un crève-cœur, elle est si jolie.

Elle en avait conclu qu'on la jugeait jolie, et qu'une enfant jolie aurait tout de même mieux fait d'avoir une vie sans histoires, pour ne pas gâcher l'heureux hasard génétique dont elle bénéficiait.

Elle savait aussi que la vérité indicible le resterait, personne ne l'entendrait clamer comme elle aurait voulu le savoir en vie pour pouvoir le haïr, comme son seul manque serait la disparition de l'idée qu'*il* endurait un abysse de solitude, servi par un butler britannique sur un plateau de vermeille en signe de solidarité ; livrée, gants blancs et courbettes d'apparat.

Elle s'était sentie perdue dans son océan de reproches et le vide revient à ses yeux qui ne pleurent toujours pas, personne désormais ne pourrait plus être responsable, personne dont elle pourrait dire « ma vie de merde, c'est SA faute, regardez et dites-vous bien que c'est SA faute, tout, toujours, sera SA faute ».

Héloïse avait remis la décision d'aller aux funérailles entre ses mains, « c'est comme tu voudras mon Cœur, on fera comme tu voudras, tu sais peut-être que c'est mieux d'y aller pour ne pas regretter plus tard ? ». Elle s'était sentie perdue à l'idée d'une si grande décision à prendre, et elle n'avait pas compris ce qu'il y aurait à regretter plus tard.

Il était mort et c'était la fin de l'histoire, elle n'avait jamais réussi à croire en ces hypothèses de paradis ou d'enfer, d'anges gardiens et d'esprits veillant sur les vivants, elle se disait souvent que les adultes qui se répandaient en prières restaient simplement des enfants s'accrochant à un conte de fées plein de tours de magie, comme pour ne pas abandonner complètement leurs jeux passés. La religion était à son avis une des manifestations du refus des adultes de l'être, un joker posé sur la table leur permettant de n'être responsables de rien ; c'était la théorie d'Héloïse et elle la trouvait cohérente.

Elle s'était dit que ses grands-parents ne lui pardonneraient pas son absence, elle savait que sa grand-mère la rendait responsable du cataclysme, elle le lui avait dit quelques mois auparavant, « il est temps de passer à autre chose ma petite fille, c'est la vie, tu dois le respect à ton pauvre petit papa, et je te rappelle que ton grand-père est très malade. Tu nous fais beaucoup de peine et tu me déçois beaucoup ».

Elle avait vu la fureur apparaître dans les yeux d'Héloïse dans une explosion incontrôlable, les mots de sa grand-mère et l'ire maternelle lui avaient fait passer des heures à se demander à qui elle devait accorder sa loyauté, qui la protégerait encore et elle avait conclu dans une logique sans surprise qu'Héloïse représentait un investissement plus sûr, à court comme à long terme.

Elle avait donc pris la décision de ne pas se rendre aux funérailles de son père comme un cheval refuse un obstacle, la mort étant importante pour les vivants et dans son cas, des vivants qui la terrifiaient, pour la plupart.

Elle n'avait rien su des détails administratifs, des sommes qui lui étaient revenues et qu'Héloïse avait choisi d'utiliser pour ce plan de libération et d'oubli conçu en silence, tout juste avait-elle constaté que sa mère avait quitté son emploi sans que ça ne semble poser le moindre problème financier ; lorsqu'elle avait demandé à Héloïse comment elle ferait pour gagner de l'argent, elle lui avait répondu de ne pas s'inquiéter et elle avait résolu de s'en tenir là.

Sa grand-mère avait rendu la gifle par une autre, « tu n'existes plus pour moi », et après une dernière tristesse de rejet, la colère ne l'avait plus quittée.

Elle avait grandi avec cette acuité froide : personne ne se souciait réellement des enfants, ils étaient un outil, au mieux un marché, une aubaine commerciale pour des marchands de bonheur en plastique rose ou bleu exploitant le besoin de parents de compenser leurs souffrances, et dont la progéniture profitait par ricochet aussi longtemps qu'elle se conformait à ce que les adultes souhaitaient voir dans leur miroir au petit matin.

C'est ainsi que l'enfant qu'elle était avait pris la décision de ne jamais devenir mère. Avec cette certitude et l'annonce d'Héloïse de leur départ prochain pour Bordeaux, elle avait laissé le souvenir de Paris s'ancrer en elle, comme une ombre chinoise de plus.

- 10 -
Héloïse
- Vanités, quoi qu'il en soit -

J'ai reçu un message d'une femme que j'ai connue quand j'étais étudiante ; les réseaux sociaux ont changé ça : plus personne ne disparaît dans une vie. Toutes les relations se sont transformées en mariages passifs et un peu adultères, le soulagement du divorce en moins. C'est comme un vieux chewing-gum sous ta semelle. Ta vie entière te colle aux basques.

Elle m'a envoyé ce message anodin auquel elle n'attachait certainement pas beaucoup d'importance, comme ces choses qu'on dit sans leur donner de signification particulière, un truc balancé pour conclure un semblant de conversation sur l'autel d'une intimité ancienne et fanée, comme si on savait qui étaient les gens au prétexte de quelques moments partagés bien avant les premières rides, cette certitude qu'on sait à qui on parle quand en réalité on n'en a pas la moindre idée, on oublie qu'une vie presque entière est passée par là – ou sa meilleure partie –

celle qui compte le plus en coups de poings dans la gueule et en fractures du crâne, celle qui fait tomber tous les rêves de grandeur ridicule, qui dézingue les princes charmants et laisse les chaussettes sales traîner dans tout l'appartement, qui sent l'ail du dîner de la veille dans l'haleine matinale, les intestins qui se vident mollement dans les chiottes, les étincelles de tendresse caduques mais on continue à penser que personne ne représentera plus le bonheur que cet autre, qui nous a vu éclore ; l'illusion ou la foi font la même pointure que l'amour, ou son souvenir.

La chose qui m'a semblé évidente dans ses mots, c'est leur douceur, la façon dont ils ont été posés, dans une conversation anodine entre deux femmes qui jadis avaient partagé les joyeux tourments étudiants et les premiers pas dans une « vraie vie ». Une douceur acide, un peu comme ces bonbons qui te râpent la langue avant de te sucrer la gorge, elle disait « t'as toujours été chiante », elle avait mis un smiley qui cligne de l'œil. Le droit, c'est toujours l'œil droit qui cligne dans ce cercle jaune.

Entre les danses de fertilité étudiante, les examens, les soirées dans les boîtes à la mode à faire en sorte d'être vue au bon endroit, au bon moment pour assurer la prévente sur le marché du bon parti et de repérer le bon amant sans espoir qu'ils se baladent dans le même corps, je me suis souvenue de m'être accrochée à cette bientôt femme qui projetait tout ce que je ne savais ne pas être. Comme un horizon inatteignable, une vie faite de parents aimants, d'un fiancé idéal, d'une taille de guêpe et de mouvements graciles, de factures qu'on n'a pas peur de voir arriver dans la boîte aux lettres, d'ambitions professionnelles superflues et dans laquelle les drames n'existent pas, le papillon s'approchait de la lumière pour s'y brûler, les ailes chauffaient et je m'étais enfuie pour ne plus être une chenille incapable de se transformer.

Si j'avais eu cette vie, si je n'avais pas toujours tant cherché à être autrement, si j'avais pu me suffire, un jour, juste un jour, est-ce que ça aurait changé quelque chose ?

« T'as toujours été chiante », c'étaient ses mots, gardés dans un coin de mon cerveau dans mon stock de mille paroles à mâcher en silence, ni plus importantes, ni plus envahissantes que toutes les autres, rangées sagement en attendant que vienne leur tour d'être digérées.

Il y a presque un index des paroles à réfléchir, finalement. *Lui* me disait castratrice, égoïste, prétentieuse, méchante, voleuse, menteuse et puis *il* frappait. Ça commençait par une bousculade, souvent l'épaule gauche était projetée en premier contre un mur, ensuite c'était la main ouverte qui s'abattait sur la pommette, et puis les cheveux qui n'étaient jamais assez courts pour échapper à l'emprise du poing fermé. Ça ne durait pas trop longtemps, il fallait juste éviter de faire trop de bruit pour que ça s'arrête, pleurer et supplier très vite. Ça aidait.

« Chiante » porte une douceur, un truc tendre de l'ordre de la libération primaire, pas toujours agréable sur le moment mais indispensable à la bonne marche des choses.

Est-ce vaniteux, de se penser ? Y a-t-il vraiment autre chose à penser que soi, pour espérer offrir quelque chose de mieux le temps des quelques secondes d'une vie ? Faut-il revenir à soi pour tenter d'attraper une bouée de secours ? Faut-il que ce soit la bouée que l'on jette à la mer, et qu'un rescapé nous renvoie pour nous sauver un peu, aussi ?

Je tourne autour de ces mots-là comme je le fais autour d'autres, chacun prend sa place dans la hiérarchie des jours sans que ma place à moi ne vienne jamais cogner à la porte. Et maintenant, cogner ne suffirait plus, il faudrait la défoncer au bélier dans une humeur médiévale.

Arrivée à mon âge, une moitié de vie probablement passée, une autre à vivre encore, je sais ce que je présente au monde – mon jeu de miroirs, mon snobisme intime – l'idée que je montre autour du corps que j'habite aussi bien que possible, que je fais semblant d'habiter, *depuis*.

Je sais quelles conversations ne plus avoir, et quand. Là où je courais après des apparences pour me raccrocher à l'idée d'un avenir, quand l'avenir de moi-même avait encore de l'importance. Je me sais infiltrée partout, presque partout, les endroits disponibles à la nudité sont si rares tu sais, même avec toi ils n'existent plus, je ne les pense pas vraiment, ce sont les meubles de mon existence, je les ai en repères inamovibles, ce mouvement inconscient que tout le monde fait, on pose les repères ailleurs, en dehors de soi, on sait qu'ils sont là pour aider à ne pas se cogner dans les portes verrouillées, ils marquent l'espace de soi autour de rien.

On m'a dit un jour que j'étais « déplacée ». Délocalisée presque, une usine délocalisée au mauvais endroit. Une autre parole qui tourne depuis des années, un déplacement de moi, je cherche le point d'origine, l'endroit où je dois retourner, ce lieu impossible à faire exister entre moi et ce monde, la joliesse que je vois toujours comme une imposture, la conscience de faire partie de cette infime part du monde qui peut au moins camper dans quelques privilèges, je suis une femme mais blanche, majoritaire et je n'ai même plus de problèmes d'argent, je peux au moins choisir mes enfers un peu, choisir un enfer c'est au moins choisir quelque chose, avoir cette possibilité.

« T'as toujours été chiante », je tourne comme une toupie en me demandant ce que c'est, « chiante », dans un monde qui ne voit plus rien de lui-même depuis si longtemps, on s'accroche à des dieux prétendus et on s'écorche sur des adorations fabriquées pour nous aider à passer le cap quand la canne de notre propre résistance cède.

« Chiante » comme un animal qui hurle sa présence, ou qui fait semblant de la hurler pour tenter d'exister dans un prisme, n'importe lequel pour peu qu'il soit là, que quelqu'un se souvienne de son passage, bien ou mal tant qu'on tue l'indifférence, peu importe la nausée pour peu qu'on ait l'ivresse, qu'on puisse tourbillonner encore un peu ou en avoir l'illusion, parce que tout est illusion, tu sais, absolument tout, jamais ma place n'a existé, depuis que je suis toute petite je la cherche et j'avais même cru la trouver avec toi, mais que se serait-il passé si je ne t'avais pas mise au monde, si j'avais choisi de passer mon tour de maternité ? Que serais-je devenue sans cette autre vie à prendre en charge ? C'est une question dans laquelle je tourne aussi, et quand tu sauras que je me la suis posée tu me détesteras, on n'aime pas une mère qui imagine parfois de ne pas l'être. Il te faudra du temps pour comprendre que ça n'était pas toi, le problème, l'équation impossible à résoudre, tu n'étais pas mon empêchement – pas qui tu es – c'était le simple fait de ne plus pouvoir choisir d'être au premier rang de moi-même, cette certitude que quelqu'un d'autre avait pris cette place et que je ne pouvais rien y faire parce que je l'avais donnée, elle n'était plus à prendre.

« Chiante » comme ça l'est sans doute de devoir me convaincre que je ne suis pas coupable, que je peux être, aussi, que personne n'en souffrirait. « Chiante » comme celle qui ne veut pas croire qu'un homme dise l'aimer sans être dangereux, que je n'aie pas à craindre, que je n'aie pas peur, « chiante » comme celle qui ne croit pas qu'on puisse vouloir d'elle, qui cherche sa place mais la rejette quand elle devient accessible, qui refuse les plans de carrière par trouille, les grands amours par trouille, la vie par trouille, qui danse et chante fort, qui boit trop et parle et rit beaucoup et occupe l'espace pour mieux se planquer, qui prétend que c'est pas vraiment vrai, qu'il faut se méfier alors qu'au fond elle n'aurait pas eu le courage ni la constance de tenir cette place qu'on lui offrait.

« Chiante » comme ça. Peut-être.

Je l'envie, *lui*, parfois, de n'avoir pas eu ce scrupule. De s'en être foutu jusqu'au bout, de n'avoir pas eu cette priorité inscrite au fer rouge, que chacune de ses molécules parvienne à ignorer qu'une autre vie devait passer avant la sienne, de n'avoir pas eu peur de prendre ce qui passait devant *lui*.

Si j'avais été *lui*, j'aurais pu être libre.

- 11 -
Nohé
Chaque visage est un appel miroir brisé

Les photos de Bordeaux défilent, et Nohé se souvient de la sensation étrange de leur première soirée passée dans « l'autre ville aux esclaves », selon le nom qu'Héloïse lui donnait.

La lumière lui avait semblé différente de celles auxquelles elle était habituée, quelque chose de subtil et soudain comme un voile d'or qui se dessine sur un décolleté à peine esquissé. Dans l'appartement qu'elles avaient investi dans le quartier Saint-Pierre, elle avait entendu des oiseaux chanter comme pour la première fois, la sensation était restée imprimée en elle comme un film à petit budget qui veut exister quoi qu'il arrive. On n'entendait presque plus d'oiseaux désormais, il ne restait guère que les pigeons curieusement silencieux dans les villes du monde, l'extinction de masse avait livré ses résultats prévisibles et elle est ramenée au son inattendu de ce chant au cœur de la nuit.

Ç'avait été comme un refuge, l'idée d'oiseaux chantant la nuit, le son auquel elle n'avait d'abord pas cru – les oiseaux chantaient le jour dans son esprit d'enfant, au petit matin parfois – mais la nuit, c'était le silence qui l'écrasait, le silence et sa cohorte de sensations à contrôler pour trouver le sommeil obligatoire et ne pas leur faire place. Venait ensuite la gestion des rêves, leur maîtrise toujours incertaine, les doigts croisés et son corps ramassé sur lui-même sous sa couverture pour conjurer le sort des mains adultes sur elle, des mains quelles qu'elles soient, le souffle et la voix d'un homme qui revenaient sans cesse la hanter, les soupirs de satisfaction qui faisaient de sa peau un champ de mines prêt à livrer sa douleur, à creuser des terriers dans lesquels elle espérait pouvoir se cacher sans jamais y parvenir.

Elle avait trouvé étrange, aussi, qu'Héloïse les emmène dans une ville pour laquelle elle avait si peu de tendresse. Rien dans ses mots ne disait l'enthousiasme de ce lieu. Nohé l'avait entendue soupirer, pester, mépriser tout et n'importe quoi, des pavés inégaux dans les ruelles aux grèves des éboueurs qui faisaient des rats un voisinage trop visible, si bien qu'elle avait fini par lui demander pourquoi elles y étaient puisque Bordeaux était si repoussante. Héloïse avait répondu que se contenter du mépris était insuffisant, « si on doit détester cet endroit ma chérie, il faut au moins prendre la peine de savoir pourquoi, détester vraiment avec des raisons, sinon c'est paresseux ».

Seule l'indétrônable librairie Mollat semblait lui procurer du plaisir, elles y passaient des heures à écouter des libraires décrire chaque ouvrage en rayon avec l'engouement de ceux qui ne sont pas là par hasard, et Héloïse concluait à chaque fois qu'elles en sortaient que cette ville ne pouvait pas être si mauvaise puisqu'un tel endroit y existait, il devait bien y avoir quelque chose à y aimer et elle voulait le découvrir.

Nohé n'avait jamais tenté de défendre la ville qui lui avait fourni tant de sensations nouvelles, de lumières inconnues, de frontières mal dessinées et si nettes à la fois. Elle avait simplement passé la sangle de l'appareil photo autour de son cou et avait mêlé les images anodines à celles qu'elle voulait vraiment fixer dans leurs explorations. L'expérience de Paris lui avait appris qu'elle pouvait trouver une humanité dansante ou moribonde à garder en mémoire numérique, et qu'avec ça, elle pourrait remplir ses yeux de ce qu'elle voulait. Héloïse la regardait parfois avec un sourire en coin lorsqu'elle la voyait soulever l'appareil entre ses mains, une victoire discrète comme le sont parfois celles des mères qui espèrent sans vraiment y compter qu'elles ont réussi quelque chose, minuscule même. Entre les photos et ses Legos, Nohé fournissait à sa mère de quoi être rassurée sur son état, ce qui permettait à la petite de se sentir en sécurité sans qu'elle ne le sache si clairement.

Il y avait à Bordeaux cette frontière étrange et fascinante du Cours Victor Hugo, deux mondes qui se frôlaient sans jamais se confondre avec un terrain presque partagé sans être commun – c'était une atmosphère de tolérance sur l'existence de l'autre à défaut d'affection – entre une foule de camelots improbables, de femmes voilées et d'hommes établissant leur contrôle nonchalant de l'espace, le débordement d'épices en pleine rue se posait joyeusement pour fixer une musique ne se souciant que d'exister, dans une joie insouciante au rythme des poulets grillés sans ménagement, des terrasses pleines de « demis » en diversité revendiquée dans toutes ses couleurs.

Le Cours marquait le passage à l'autre univers, où les hommes lissaient leurs barbes avec des huiles véganes et bios et les ourlets étudiés de leurs pantalons, les femmes grignotaient des graines germées forcément réputées locales et concevaient des logos pour des start-up qui réinventaient une eau tiède dont personne n'avait besoin mais qu'ils trouvaient « disruptive », dans leur emballement aveugle et sourd à toute forme de pragmatisme, puisqu'ils s'étaient investis d'une mission suprême : ils avaient un monde à changer.

Tout dans ce terrain neutre du Cours Victor Hugo marquait l'ordre que l'humanité avait inventé en frôlements et qu'elle posait quoi qu'il arrive, les hommes blancs en haut de la pyramide, les femmes et les enfants blancs ensuite, les Asiatiques et les Orientaux, et les noirs en bas avec, dans chacun des échelons les pouvoirs encore répartis – les hommes en tête. Même au plus bas, les hommes prenaient encore le pas sur les autres, et l'espèce dans son ensemble se donnait encore une dernière illusion de pouvoir en dominant toutes les autres espèces, celles des animaux mais là encore on avait posé des niveaux, les animaux « de compagnie » étant plus protégés que tous les autres que l'on pouvait manger, tuer pour le plaisir primaire d'exercer un pouvoir.

Nohé se posait cette question depuis qu'elle avait entendu les oiseaux nocturnes de Bordeaux et que le glissement des mondes lui était apparu entre les quartiers Saint-Pierre et Saint-Michel, elle avait demandé à Héloïse, dans un soulèvement de sourcil, un matin qu'elles se promenaient sur les quais de la Garonne et son révéré Miroir d'Eau, « pourquoi ils font semblant d'être ensemble, tous ces gens, ils vivent pas du tout ensemble en vrai, non ? », et Héloïse avait répondu que la loi leur interdisait de s'éliminer officiellement mais que chaque catégorie se préférait à l'autre, alors qu'ils ne se fréquentaient que dans cet endroit pour faire semblant de ne pas se gêner.

La semaine suivante, la maîtresse leur avait appris le mot « hiérarchie » et elle avait alors compris qu'il s'agissait certainement de ça, du besoin de déterminer des catégories et de leur donner une place, c'était sans doute rassurant pour une humanité aux peurs enfantines.

Une humanité qui ignorait tout des vraies peurs des enfants.

- 12 -
Héloïse
- La nature d'une colère, à peine -

Je traverse parfois ces instants, ces moments qui présentent des choses de la vie normale. Mon crâne me balance des contradictions infinies, et dans ces instants je ne trouve plus mon cap.

Je déborde.

La vie normale amène ça – des instants normaux – j'imagine ? Je ne sais plus vraiment, parce que dans ma vie à moi et la tienne, toutes les questions anodines prennent de l'ampleur. Tout peut avoir un impact, je me sens calculer, évaluer mes marges de sécurité, mettre en balance, considérer les conséquences dans des microsecondes.

La vie normale mais qui ne l'est pas, qui devrait l'être, ces moments où tu es l'enfant que tu devrais être si rien n'avait changé, où je devrais être la mère que je ne sais plus être. Ces instants où j'oscille entre tout et rien, la barque sur la houle, le tambour qui tourne en rond quand tu te poses devant un lave-linge, ce regard hypnotisé que tu as en regardant le tambour dans son mouvement perpétuel.

Un jour tu vas lire tous ces mots que j'enregistre avec ma main qui prolonge l'encre, les mots que j'envoie en l'air comme on souffle sur un pissenlit, on espère que le vœu puisse atterrir au bon endroit en recommandé avec accusé de réception, tu les trouveras après ma mort en fouillant mes objets pour savoir ce que tu vas garder, ce qui est utile ou pas.

Si tu lis tout ça, tu vas te dire que ta mère était dingue. Torturée, dangereuse, même.

Mais je te l'ai dit déjà, la mère parfaite n'existe pas. Les psys disent ça, qu'on échoue quoi qu'il arrive. Il reste tout de même celles qui arrivent à maintenir cette ligne de flottaison, qui connaissent le cap, qui en ont une idée au moins, elles suivent la lumière d'un phare en tentant d'éviter les embardées, elles parviennent à suivre une route cohérente et à utiliser les vents dans leurs voiles, elles ne se font pas renverser par une rafale de tripes sans contrôle.

Les autres, qui ont perdu la boussole, qui ont dû s'approcher de la route trop près pour éviter les nids-de-poule, celles-là ne savent plus quand, si même elles pourront reprendre assez de distance pour voir l'horizon.

Je suis des secondes, depuis *ça*. Une enfilade de secondes, un chapelet conscient de secondes.

Et puis à qui le dire, maintenant, avec cette foutue aura de mère courage ? C'est toute la question : j'ai enfilé la cape et les collants à paillettes, le masque est posé sur mes yeux et j'ai levé ce foutu poing pour nous envoler comme une poule dans *Chicken Run*, j'y ai cru à l'escroquerie de la poule qui peut aller jouer dans les nuages parce qu'il faut bien rêver à quelque chose, on nous dit ça depuis qu'on est enfants, à tous, qu'il faut viser la Lune pour atteindre les nuages, alors on vise, on s'élance, et moi je m'écrase au sol encore une fois comme une poule qui refuse son destin de cuisson finale.

Je l'ai fait volontairement, je crois, je ne me cherche même pas d'excuses : je ne trouvais rien d'autre à faire. Je l'ai fait, simplement.

Qui pourrait comprendre de quoi je parle ? Quelqu'un qui ne se sente pas obligé de me rassurer mais qui comprenne le sens de la question. Quelqu'un qui saisisse suffisamment pour ne pas tenter de dénicher une réponse. Parce qu'il arrive qu'on n'ait aucune putain de réponse, au fond, on n'a juste aucune réponse à tout ça, on fait simplement avec. Au mieux, au pire, au possible.

Les humains font ça : ils veulent donner une réponse.

Tiens, voici ma leçon maternelle du jour : pour l'humanité, l'insupportable, c'est de ne pas avoir de réponse.

La plupart du temps tu sais, je me dis que le plus insupportable, c'est d'être infoutu de rester dans la question. Être incapable d'entendre la question. Mais je dois être un peu étrange, souvent. Ou pas. Les autres doivent juste avoir une compétence supplémentaire pour calmer la nausée, et je manque de cette molécule-là, l'épice qui rend le plat parfait. La coriandre. Il me manque la coriandre.

La question tourne, elle. Elle revient, elle ne lâchera pas si facilement la corde. Est-ce que j'ai encore le droit d'être fâchée ?

Fâchée comme n'importe quel parent peut l'être après son môme, de temps à autre, quand un môme fait un truc, pousse une limite, teste le bord, le truc normal, la vie qui se poursuit ; le repas jamais fini et sur lequel tu chipotes, la grimace systématique et la porte claquée exprès, les fringues que tu laisses traîner, les chaussures neuves bousillées, la troisième paire de lunettes ruinée en deux mois, le paquet de farine lâché au sol– n'importe quelle connerie d'enfant –, la plus courante et évidente des choses qu'on oublie en quelques jours, ce truc qui devrait me rassurer, m'attendrir, me faire rire en cachette : c'est la vie normale.

Mais la normalité renonce et se déforme dans ce boomerang de culpabilité dans tes yeux, il me revient en pleine gueule en se foutant de savoir s'il y a du vent, c'est l'effondrement d'une bibliothèque poussiéreuse, des encyclopédies que personne n'ouvre plus depuis des décennies, des albums photo, des revues des années soixante qui m'ensevelissent avec leur sale gueule de vieux qui ne veulent pas crever alors qu'on leur demande gentiment pourtant, on voudrait bien enfin toucher l'héritage, vendre la maison et aller se la couler douce au soleil, pour une fois, une seule.

Ce regard qui dit que tu n'as plus que moi au monde. Que si moi je ne t'aime plus, même pour un instant, même dans un souffle qui s'épuise et ne revient pas, tu seras seule et tu en crèveras. Ce regard qui me dit que ton père mort était une raclure, que tes grands-parents t'accusent de l'avoir poussé dans sa tombe et que la seule adulte qui te reste vraiment, c'est moi. À chaque fois que n'importe quel parent gueulerait, punirait, dirait des mots lamentables en persiflant, toi, tu m'envoies ta terreur. Ta terreur en forme de « je t'en supplie, me laisse pas tomber, aime-moi encore, me laisse pas tomber, je ferai mieux, tu verras, aime-moi Maman, j'ai plus personne que toi ».

Et je me sens prise au piège. Le piège se referme à la vitesse de la lumière, il y a ce bruit si familier de porte claquée dans un fracas sec et définitif, il nous enferme toutes les deux.

À toi aussi, le luxe de la colère t'est interdit, l'opposition, l'adolescence rebelle, c'est dans un carton qu'on n'ouvrira jamais, on l'a remisé sous des tonnes d'objets immuables dans notre grenier commun et on est coincées dans la seule sécurité qui te reste : ta mère, c'est ton bouclier magique, c'est ce que je t'ai dit tout ce temps et le perdre, c'est impossible. Tu risques trop gros. C'est dans tes yeux. Le risque est trop grand pour toi, le danger trop flagrant, immédiat.

Je ne peux plus envisager d'être une mère « normale » et ça me flingue, ça me terrifie au quotidien, ça me montre chaque connerie que je fais et qui serait anodine, si. Si.

On sait tous ces « si ». Ça occupe nos crânes tous les jours. *Il* nous a tuées toutes les deux et *il* est mort, ça nous laisse sans personne à qui hurler notre haine cathartique, finalement *il* a réussi à détruire notre chance d'être normales, de nous engueuler normalement, de nous détester comme une fille et une mère se détestent et s'aiment.

J'écris ça, juste au cas où tu te poses cette question. Un jour. Quand je serai morte. Juste pour que tu saches que moi aussi, je me la posais. Et la réponse m'échappait parce que je la cherche, la réponse, comme tout le monde, je suis normale dans ce coin d'enfer, je cherche désespérément comment nous libérer de notre enfer de terreur qui pue la mort arrivée plus tôt qu'on ne l'avait envisagée.

On est enfermées dans cet océan de culpabilité. Toi, parce que tu passes ta vie à voir comme la perfection t'échappe face à moi, qui ne sais plus comment faire pour que tu ne te sentes pas disparaître.

Et tout, toujours, revient à ça : je n'ai pas vu assez tôt. Je n'ai pas pu te protéger, éviter, faire en sorte que ça n'arrive pas. Et j'ajoute, j'empile les incapacités comme des couches de peinture dont personne n'avait besoin pour masquer les fissures d'un mur qui ne tient plus sur lui-même. Mais la peinture, ça ne masque pas les fissures. Il faut remplir les fissures, les combler. Et je ne peux pas combler. Je ne peux pas remplir à ta place, tu ne peux pas remplir à la mienne, personne ne peut combler nos fissures. Les fissures, tu sais, c'est définitif. Elles sont là, on apprend à vivre avec. On garde l'équilibre, parfois un peu bancal.

Tu me regardes avec cette somme de fissures, et tu me regarderas toujours avec cette somme de fissures. Et tu auras l'air de me dire que je ne peux pas te laisser tomber.

Je ne peux rien faire pour tes fissures. Je ne peux rien faire, au fond. Et ça me tue.

Alors dis-moi ? Comment être fâchée normalement ? Ni trop, ni trop peu ?

Je cherche le sens d'une normalité sur notre route.

On a cet avion à prendre demain, un jet de pierre à tire d'ailes vers cet autre bout de terre et d'océan. Un autre ailleurs à ouvrir, celui-ci a juste ouvert assez d'alvéoles pour qu'on sache qu'on pouvait survivre.

Un jour, on arrêtera le voyage, vraiment. Un jour, on regardera un endroit, et on saura qu'on est arrivées. Je ne crois pas qu'on ait fini de laisser la route nous aimer. Peut-être qu'on trouvera cet enduit magique comme ça. On comblera nos fissures, un jour après l'autre, ensemble et séparées, nos solitudes et nos tristesses jetées sur cette route qui n'en finit pas.

- 13 -
Nohé
On n'oublie rien de rien, on s'habitue, c'est tout

Nohé pose le carnet et saisit la télécommande de la console pour arrêter le diaporama. Il est 2 heures du matin et elle sent ses yeux se consumer lentement, elle a lu et laissé son esprit envisager chaque page, tenté d'associer les mots tracés sur le carnet à l'encre bleue à sa vie d'enfant, elle a cherché à reconnaître Héloïse dans ces pages qui ne ressemblent pas à ses silences, des courts d'assentiment aux longs de désapprobation, ceux-là même offerts comme des impossibilités de résister à ses immobilités verbales, cette incapacité qu'elle avait toujours eue, elle, à dire ses tourbillons lui semble soudain être des portes manquées qu'elles auraient pu emprunter ensemble.

Elle se lève, saisit l'oreiller d'Héloïse et marche jusqu'à la chambre dans laquelle personne n'a dormi depuis deux semaines ; elle n'avait pas voulu passer ses derniers jours dans sa chambre et avait ordonné leur installation dans le salon, cet immense canapé rouge transformé en radeau de leur ultime voyage initiatique et dans lequel elles s'étaient lovées l'une contre l'autre, jour et nuit, pour ancrer dans leurs mains toute l'ampleur de ce qui les avait liées.

Le jour prévu de l'arrivée de Nohé à Paris, Héloïse avait demandé à son aide-ménagère de faire place nette dans sa chambre. Une fois la pièce rangée et nettoyée, la literie rafraîchie, elle lui avait donné congé définitif ; sa vie arrivait à son terme et il serait bien plus utile pour elle d'aller récurer des salles de bains pour les vivants. La Bretonne taciturne et efficace n'avait pas discuté, elle avait demandé une signature pour valider ses heures de travail de la semaine, et l'autorisation d'embrasser la presque-morte qui venait pourtant de la virer sans préavis.

Héloïse savait quitter sans négociations.

Sur le pas de la porte de la chambre, il lui semble se trouver face à l'antre d'une inconnue, le genre de femmes qui n'auraient pas laissé traîner de linge et auraient tiré soigneusement les draps tous les matins, qui auraient aligné les vêtements sagement dans la penderie et rangé les chaussures selon la saison et la couleur, qui n'auraient pas accumulé de livres presque lus sur la table de chevet et amassé les verres d'eau jamais bus mais posés là « au cas où » on se réveille la gorge sèche, à côté d'un cendrier toujours plein de mégots de cigarettes ou de joints noircis.

Elle regarde ce lit sans plis, serre l'oreiller contre elle

pour y chercher l'odeur d'Héloïse comme lorsqu'elle était enfant dans les foulards qu'elle allait prendre discrètement dans un tiroir et sur lesquels le parfum de sa mère flottait, ces talismans dont elle se servait pour bâtir ses écrans protecteurs, toujours ramener le bouclier magique et tenter d'en faire une réalité. Elle fait glisser ses pieds en dehors de ses chaussures sans lâcher l'oreiller entre ses bras, s'allonge sur le lit en position fœtale sans ôter ses vêtements et ses yeux se ferment, elle sent le sommeil l'emporter enfin, comme elle glisserait dans une eau calme.

Elle n'est pas surprise de retrouver Héloïse de l'autre côté du ruisseau dans lequel elle se laisse bercer, la vision stéréotypée d'un décor de série B la fait sourire quand elle l'accueille sur une couverture moelleuse sous un arbre en fleurs qui ne provoque aucune réaction allergique, et elle se demande si elle pourra au moins la voir comme ça un peu, dans ses rêves, ou si ça aussi disparaîtra avec le temps, et si même ça lui manquera.

Elle a la sensation d'une conversation à la fois continuelle et décousue, un enchaînement de mots qui ne cherchent pas tant à former des phrases qu'à se porter en eux-mêmes, ils sont lancés par la bouche d'Héloïse sans qu'elle remue les lèvres ou dans un mouvement qui ne leur correspond pas, alternativement immobiles et incohérents, et pourtant aucun d'eux ne semble hors de propos, tout lui paraît logique dans une synthèse sans expression, « ne fuis pas ».

Son rêve la porte vers une photo qu'elle saisit dans l'arbre, sur laquelle se trouve une de ses camarades de classe bordelaise dont la fugue avait nourri les conversations de tous.

Elle avait alors 11 ans, elle se savait entrée dans la galaxie des grands mais à l'échelon le plus bas de la chaîne alimentaire collégienne, celui qui donne le droit au mépris tendre envers les « petits » mais soumet à la condescendance de « grands » à peine plus grands qu'elle, ceux-là qui étalent crânement leur savoir d'un monde qu'elle tentait de défricher laborieusement à grands coups demandes de vêtements de marque et d'applications mobiles jugées « gamines », auxquelles il était bon de renoncer bien qu'on les aimât, dans ce temps où la conformité sociale fait la survie ou la mise à mort.

La photo de Léna l'évadée lui fait face, dressée entre son pouce et son index avec son t-shirt sage et ses tresses, le sourire enfantin et les yeux de malice dissimulée comme on se déguise pour la photo de classe, celle dont on sait qu'elle restera dans l'histoire publique et sur laquelle il est bon de ne rien provoquer, celle qui circulera des oncles et tantes aux grands-parents pour leur donner l'illusion de n'avoir pas existé en vain dans le prolongement génétique, sur laquelle on pourra rire des décennies plus tard en notant les détails d'une mode vestimentaire désuète, celle qui sert aux magazines en ligne en mal de talent quand il s'agit de parler des acteurs connus, pour affirmer, comme un défi à la réalité, qu'ils ont ressemblé à des humains ordinaires faits d'acné, de cheveux gras et d'appareils dentaires.

Léna avait disparu un jour de novembre après les cours, et on l'avait retrouvée deux semaines plus tard dans un camping de Loire-Atlantique où elle avait rejoint son père ; elle avait fini par appeler sa mère pour qu'elle vienne la chercher après avoir réalisé que son héros passait ses journées à noyer sa rancœur sociale dans des litres de vin bon marché, ce qui ne lui laissait pas le loisir de pourvoir aux besoins de sa fille, son sang, sa bataille, bramait-il du fond de ses cuites lamentatrices, car c'étaient la société et les femmes qui voulaient la lui prendre, qui voulaient la corrompre, ces salopes de bonnes femmes qui se croyaient tout permis au seul motif qu'elles portaient les enfants puis les élevaient alors que lui se battait pour que son talent soit reconnu et qu'elle l'avait quitté, la mère de Léna. Cette garce exigeait en plus, comme si l'affront n'était pas suffisant, qu'il contribue financièrement à la vie de sa fille, c'était un monde qu'on exige ça de lui, l'homme émasculé, l'artiste hors-système – il grattait trois accords de guitare mal accordée dans des fêtes de village en braillant des rimes pauvres et s'imaginait en Léo Ferré maudit –, alors il hurlait sa rage au bar d'un camping en se saoulant la gueule au carré, lui qui avait eu le courage, clamait-il, le courage et la bravoure d'accepter les aides sociales de l'État malgré son génie que le monde n'avait ni la finesse ni le bon goût de reconnaître, celui-là même qui ferait vivre grassement sa fille un jour, on verrait bien alors de quel bois il était fait car lui au moins ne se compromettait pas dans des emplois bassement productifs, non, il faisait vivre l'art du fond d'un cubi de vin médiocre peut-être, mais il le faisait vivre et il crachait à la gueule de tous ces pleutres et de ces traînées qui se contentaient de nourrir leurs enfants et d'honorer leurs engagements.

Léna avait soudain trouvé son héros défraîchi et avait commencé à regretter les pâtisseries et la sécurité que sa mère lui procurait, et s'était résolue à l'idée que la seule chose raisonnable serait de faire face à la colère maternelle, sa déception et son orgueil blessé qu'elle aurait à essuyer en tempête après les larmes de soulagement de la savoir vivante et en bonne santé. Au collège, on avait su par la voix de la directrice que Léna avait été retrouvée et allait bien, mais elle n'était pas revenue en classe : sa mère l'avait envoyée finir son année et les suivantes dans un pensionnat des Landes où ses velléités de liberté seraient encadrées et annihilées, si nécessaire.

Héloïse-en-rêve est pâle maintenant, ses yeux écarquillés dans une supplique ne disent pas, ils hurlent dans chacun des filaments vifs de ses pupilles dardées un « ne fais pas ça, jamais, ne fais pas ça, qu'est-ce que je vais devenir, qu'est-ce que tu vas devenir, c'est trop dangereux dehors, *il* te tuera, ils te tueront, ils feront de ton corps un champ de ruines, tu vois pas qu'ils sont fous, tu vois pas ce qu'ils feront de toi ? », et Nohé se voit à nouveau dans son corps presque adolescent qui avait grandi trop vite, en désordre, sans contrôle.

L'odeur de l'oreiller parvient à se glisser dans son sommeil, et alors qu'elle se sait endormie, sa conscience lui demande si Héloïse est là, vraiment, ou si elle se contente de la garder en elle encore un peu pour éviter de la savoir morte, partie définitivement, comme lorsqu'elle était enfant, adolescente déjà, et qu'Héloïse annonçait leur départ et qu'à chaque fois elle se demandait si elle ferait partie du voyage ou si elle serait laissée derrière avec l'électroménager encombrant. Elle avait osé poser la question une fois, lorsqu'elles avaient fini par quitter Bordeaux pour Lisbonne, « mais moi aussi je viens hein, tu me laisseras jamais ? », et Héloïse avait ri aux éclats, « mais qu'est-ce que tu veux que je fasse sans toi ? Quel ennui si t'étais pas là pour faire de ma vie un sport de haut niveau ! ».

La lumière rose du petit jour qui se pose dans la chambre de sa mère la ramène à l'éveil lentement lorsqu'elle s'entend dire à voix haute « c'est pas moi qui fuis Maman, c'est toi qui nous as fait fuir, t'as organisé notre fuite, tout le temps, on a fui pendant 12 ans, tu sais bien, moi je fuis pas, je continue, c'est tout ».

Elle parle dans son sommeil depuis l'enfance, elle se réveille en tenant des conversations et, la plupart du temps, elle ne se souvient que d'avoir parlé, mais les mots s'enfouissent dans sa mémoire ; il n'y a que quelques paroles qui restent, toujours sur le même registre : lorsqu'elle conteste la version d'Héloïse, puisque c'est toujours comme ça qu'elle l'a fait.

Ses seules rebellions, ses seuls ressentiments sont toujours apparus en rêve, dans des phrases lancées dans les vagues du sommeil, Héloïse en avait fait une de ses plaisanteries : « Je me suis encore fait engueuler cette nuit, je t'ai entendue à travers le mur ! On en parle ? ». C'était ainsi qu'elle avait obtenu de faire percer ses oreilles, de se rendre à son premier concert sans accompagnement adulte, à Lisbonne, grâce à ces bribes de mécontentement revendicatif lancées dans l'air, dans ces moments où elle n'avait pas à affronter le regard maternel et la justification des principes énoncés comme l'index d'un manuel conçu pour garantir « une vie à peu près vivable, dans laquelle tu serais vivante et en sécurité, c'est à peu près tout ce que j'essaie de faire, nom d'un chien ! ».

Nohé se lève et atteint le percolateur avec la phrase de la nuit en tête, « ne fuis pas », elle se demande ce que sa mère lui envoie cette fois, pourquoi son cerveau imagine qu'elle puisse reculer alors que l'obstacle est passé et qu'elle a sauté, comme un cheval bien entraîné.

Elle n'a pas fui, elle a aidé sa mère à mourir, elle a préparé le cocktail de médicaments, versé le tout dans un jus de pomme et posé le verre dans la main d'Héloïse, elle l'a embrassée et lui a souri tendrement avant de la voir éteindre son corps en quelques secondes, le temps d'un « ciao mon Cœur, j'ai tant aimé te rencontrer », une poignée d'instants à peine qu'elle prolonge à l'infini.

Elle n'a pas fui, elle a ouvert l'enveloppe et elle repasse leur histoire commune avec ce carnet et ces photos.

Elle n'a pas fui, se dit-elle en voyant le café couler dans la tasse, elle n'a plus rien à fuir puisqu'Héloïse est m-o-r-t-e, elle continue à faire ce qu'elle demande et la fuite n'en fait pas partie.

Elle se tient debout, appuyée contre le comptoir de la cuisine, la tasse de café fumant dans la main droite et le bras gauche enroulé sur sa taille comme un bouclier vain, elle regarde le canapé rouge sur lequel le carnet est échoué, ouvert à la dernière page qu'elle a lue avant de laisser sa fatigue gagner.

Quelques heures de mauvais sommeil tout juste suffisantes pour la disposer au retour sur ce ring immanent entre la mort, la douleur et sa survie qu'elle perçoit en filigrane.

Un autre café, elle reprend place sur le canapé-radeau, commande le redémarrage du diaporama et regarde Lisbonne défiler devant elle, à nouveau.

SECONDE PARTIE

- 14 -
Nohé

Si quelque chose devait me manquer, ce ne serait plus le vin, ce serait l'ivresse

Lorsqu'Héloïse lui avait annoncé que cette fois, elles quittaient la France, Nohé avait eu la sensation que sa mère s'apprêtait à la jeter d'un avion sans parachute : elle n'avait jamais voyagé en dehors d'un territoire dont l'école lui avait appris, année après année, qu'il était le sien. La question de la légitimité de cette propriété qui lui était conférée ne s'était pas posée ; elle était née en France, de parents français, et de ce simple coup de dés découlait son droit. Quitter ce morceau de terre « à elle » était plus que les sauts précédents, c'était arriver dans un endroit où elle ne serait plus qu'invitée.

À bien y réfléchir, elle se dit maintenant qu'elle aurait pu s'en douter : Héloïse était mauvaise dissimulatrice.

Aussi loin qu'elle puisse s'en souvenir, sa mère avait toujours martelé la préséance de la collectivité comme elle aurait posé une goutte d'encre sur un buvard, et ses emportements sur ce qu'elle jugeait être des hérésies politiques hexagonales faisaient partie du discours quotidien, l'apogée ayant été atteinte, selon elle, avec l'élection du « jeune loup de Wall Street », comme elle nommait Emmanuel Macron.

L'imprégnation avait suivi un schéma imprimé en crescendo ; elle avait commencé par poser les règles de conduite de base : par souci d'autrui, on ne criait pas dans les transports en commun, on ne jetait rien au sol, on fermait la bouche en mangeant et on serrait les coudes à table, on ne faisait pas de bulles avec les pailles dans les verres, on ne mâchait pas de chewing-gum « comme un ruminant », on prenait soin de traverser les rues aux endroits et aux moments indiqués, on laissait les gens sortir avant d'entrer dans un bus ou une rame de métro, on disait « bonjour, s'il vous plaît, merci, pardon, je vous en prie, après vous, je n'en ferai rien, c'est un plaisir, c'est si peu de chose » et toute une série de phrases surannées que personne n'écoutait mais dont on aurait noté l'absence ; dont Héloïse aurait noté l'absence dans un sursaut indigné, le regard désapprobateur prêt à être dégainé au moindre soupçon de manquement aux civilités qu'elle jugeait indispensables.

Héloïse avait des principes.

Lorsque Nohé avait grandi, elle avait abordé la notion d'intérêt général et l'ensemble de ses déclinaisons subjectives : on prenait soin de ne rien acheter par caprice et dans un achat, on intégrait les critères sociaux, écologiques et éthiques dans la mesure du possible. Les pailles avaient ainsi disparu des verres pour cause d'abominable pollution, au même titre que la viande et le poisson, les pâtes à tartiner, les confiseries et les biscuits industriels, et, à vrai dire, tout ce qui se vendait à grande échelle dans les supermarchés et dont on pouvait se passer : l'industrie était nocive et ne cherchait que son propre profit, on n'allait pas céder aux plans marketing, on avait un cerveau capable de déceler les pièges tendus : « tu es un être cérébré ma fille, je t'ai fabriquée correctement, réfléchis, bordel ! ».

On consommait le moins d'énergie possible puisqu'elle était nucléaire, on réduisait les déplacements motorisés à leur stricte nécessité, on fabriquait savons, shampoings, lessive, nettoyants indispensables avec le moins d'ingrédients possibles, on n'achetait pas d'appareils électroniques neufs et on réparait tout ce qui pouvait l'être, on achetait les meubles chez Emmaüs, la vaisselle dans des vide-greniers et bien entendu, il était inimaginable d'utiliser des sacs en plastique ; la liste était si longue qu'à la fin Nohé avait résolu de ne plus rien demander sans faire suivre d'un « mais seulement si c'est bon pour la planète et si ça rend personne malheureux » : elle avait remarqué que cette stratégie lui accordait de rares exceptions qu'elle accueillait comme des trésors. Elle en avait fait un jeu en accompagnant la phrase d'un sourire espiègle, et Héloïse riait avec un « ouais, tu peux bien te foutre de moi, mais si je me plante et que cette saloperie de paradis existe, on pourra pas dire que j'ai bachoté pour mon admission ! ».

Il y avait enfin le dossier « racisme, sexisme et homophobie » et ses manifestations, qu'Héloïse trouvait le moyen de déceler dans un nombre impressionnant d'éléments insoupçonnables : publicités, sanitaires publics, trottoirs, convenances sociales, milieux professionnels, codes vestimentaires, couleurs, vocables, sports, alimentation. Rien ne lui échappait.

Le tout constituait ce que Nohé avait intitulé le « code de la République de Maman » et régissait leur vie quotidienne de façon orthodoxe.

Au bout du compte et à force de se sentir à contre-courant permanent dans un monde qui, selon elle, perdait « le sens de l'essentiel humain », Héloïse n'avait pas eu envie de quitter la France : elle en avait ressenti l'urgence. C'est en tout cas ce qu'elle avait expliqué à Nohé pour justifier leur départ vers Lisbonne.

Nohé s'était sentie rapidement à son aise, dans cette capitale calme et mouvante à la fois.

Son entrée au Lycée Français Charles Lepierre avait limité l'ampleur du choc linguistique et culturel, et elle avait très rapidement intégré les cercles sociaux insouciants d'un début d'adolescence quasi-océane ; s'y était ajoutée cette sensation d'avoir vraiment, cette fois, laissé derrière elle tout ce qui avait entaché sa vie française et dont elle pourrait se débarrasser.

Ici, son père était simplement mort dans un accident de la circulation ; oui, c'était triste mais, rapidement, le fait avait disparu des conversations pour faire place à l'effervescence de sa vie quotidienne faite de plaisirs légers et d'un établissement scolaire aux règles publiques en négatif des établissements privés catholiques qu'elle avait fréquentés jusque-là : elle avait soudain découvert le confort des jupes courtes, des shorts et des débardeurs sans risquer d'être envoyée en retenue pour indécence supposée. À l'école de la République, même en terre étrangère, seuls les couvre-chefs étaient exclus et pour le reste, rien ne lui était demandé qu'un comportement studieux, ce qui lui convenait parfaitement : en étant une élève calme et docile, elle passait facilement sous les radars, et elle voulait par-dessus tout éviter d'attirer l'attention sur elle. Se fondre dans le groupe, en faire partie jusqu'à ne plus sembler exister lui permettait de ne pas faire parler d'elle outre mesure.

Héloïse, elle, avait vécu ce nouveau cadre comme un soulagement maternel immense : ce sud laissait les filles alléger les tissus qui les couvraient sans jamais les condamner a priori. En apparence au moins, l'habit ne faisait pas la traînée-en-devenir dans ce pays pourtant si catholique.

On marchait sur un fil étrange où les enfants portugais étaient déguisés en images des années 50 : rose pour les filles, bleu pour les garçons, collerettes et smocks de rigueur dans une hiérarchie sociale ancrée, mais où, étrangement, le danger de ces pièges n'apparaissait pas clairement.

On n'avait jamais peur d'un vol à l'arraché, d'une main baladeuse dans le métro ou d'un regard salace. Le souvenir de la dictature encore frais de quelques courtes décennies générait une obéissance immédiate à l'uniforme, l'autorité ne se négociait pas, elle s'appliquait en l'espace d'un regard.

Paradoxalement, on pouvait y trouver les précieuses herbes d'Héloïse avec une facilité déconcertante et sans que personne ne s'en offusque, et on prenait le temps de tout : les files d'attente étaient régulièrement interminables et aimables, pas une once d'agacement ne se faisait jamais jour dans ces minutes qui n'en finissaient pas aux caisses ou aux guichets. Le temps élastique s'appliquait à donner le sourire et on en profitait pour prendre des nouvelles des enfants, des parents ou pour commenter la météo.

On pouvait se contenter du plaisir d'une lumière toujours dorée et jamais semblable sur le Tage, de la fraîcheur des soirées au bord d'un océan qui déroulait sa puissance calme et apaisante et de manières élégantes et simples bien qu'extrêmement codifiées dans une échelle sociale que personne ne songeait à questionner, sans, toutefois, le vain ampoulage que les grandes villes françaises arboraient comme s'il avait la moindre valeur philosophique.

Au fur et à mesure que son corps changeait pour faire place à la femme qui se formait lentement, Nohé se prêtait ainsi au jeu de la féminité naissante sans se méfier de rien, la conscience de ses armes de séduction ne l'effleurait même pas : elle jouait à la poupée, vivante et sur pieds, sous le regard ébahi de sa mère qui se rappelait comme sa jeunesse dans des pensionnats catholiques avait manqué de cette liberté élémentaire d'être.

À ce premier soulagement exprimé avait cependant suivi une amertume plus grande, plus profonde, peut-être, pour Héloïse : comme tous les arrivants, elle avait tenté de s'intégrer à un groupe social, celui des Français de la ville lui étant le plus immédiatement accessible. Cette communauté avait ses lieux de regroupement, ses points de prédilection, de bars en restaurants, de plages privées en kiosques dans les jardins, et elle se démarquait par ce qu'Héloïse avait fini par identifier comme un marquage culturel au fer rouge, le tampon dont aucun français ne semblait pouvoir se départir – et à l'évidence, ils ne le souhaitaient pas : ils étaient, ontologiquement, ces parasites que l'histoire avait nommés colons.

Le constat ne s'était pas posé immédiatement, il lui avait fallu quelques mois pour comprendre qu'elle n'avait rien à faire dans ces cercles. Elle avait cru d'abord que les circonstances ne favorisaient pas les conversations qu'elle estimait structurelles, quand elle retrouvait ses nouvelles fréquentations sur les planches garnies de coussins moelleux d'une plage privée.

Mais elle avait ensuite entendu leurs avis qu'ils pensaient éclairés et elle avait lentement accepté que ces gens ne voyaient rien de ce que la vie lui avait appris à coups de poings dans la gueule, et qu'ils s'en balançaient tout simplement. Ils étaient persuadés de mériter leurs privilèges, ils ne doutaient pas du bien-fondé de leur supériorité et, pire encore, ils pensaient réellement qu'en conservant le pouvoir et la richesse, c'était un ordre naturel qu'ils perpétuaient.

Leur désolation sur les malheurs du monde durait en moyenne une dizaine de secondes, tout juste le temps de voir arriver une bouteille disposée dans un sceau glacé : les rires remplaçaient alors la conscience d'enfants noyés en Méditerranée, d'autres vendus dans des bordels, d'autres encore ayant survécu par miracle à leur exil et errant dans les rues de Paris, des niveaux de pollution qui affamaient des centaines de millions d'êtres humains sous d'autres latitudes ou des armes que l'État Français vendait à une Arabie Saoudite qui avait tout de même l'avantage d'être un partenaire commercial fiable. Non seulement ils n'en perdaient pas le sommeil, ils s'accordaient l'absolution en prétendant créer des emplois par le rachat d'immeubles qu'ils louaient aux touristes après rénovation, à des tarifs qu'aucun habitant local n'aurait pu payer et se régalaient de vivre si bien de l'exploitation d'une ville à laquelle ils cesseraient de contribuer le jour où il leur serait demandé de payer des impôts.

Ils se baladaient de vernissages de croûtes qu'ils appelaient « art » en sauteries qu'ils imaginaient « locales et authentiques » alors que personne n'était capable d'y prononcer un mot de portugais, et où on se saoulait la gueule en vantant les « deals » et les profits qu'ils s'ingéniaient à planquer à l'administration fiscale, mais ils s'empressaient de regagner la mère patrie quand il s'agissait de subir une chirurgie, prise en charge par la Sécurité Sociale à 100%.

L'administration, comme toute chose, était là pour les servir, leur existence devant suffire à l'idée de contribution.

Peu à peu, Héloïse n'avait plus ressenti pour eux qu'un dégoût profond et avait finalement préféré la solitude sociale au vide intellectuel de cette multitude qui la mettait dans des colères noires.

- 15 -
Héloïse
- Quand j'étais belle -

J'ai cessé de considérer un certain nombre de choses, ces derniers temps ; une, au moins.

J'imagine que c'est une matière têtue, elle doit passer, elle trouve un sillon, un trou dans un mur, une faille, on a beau colmater, fermer les portes, les fenêtres, verrouiller le coffre-fort, rien n'est jamais étanche.

On est rattrapé par sa nature, elle vient nous réveiller dans un clairon lointain, juste assez fort pour qu'on l'entende. C'est comme ces herbes qui poussent sur le bord des routes, dans les murs ; elles percent le bitume, trouvent un minuscule rai de lumière entre les briques, elles se faufilent, plantent leurs racines là où rien ne les y aide. Elles impriment un genre de résistance. Comme si finalement, les seuls qui ne savaient pas résister sur cette planète, c'était nous.

Je ne crois pas avoir pris la décision de fermer ce livre dans ma vie. J'ai dû le faire instinctivement, en secret de moi-même. On croirait un acte volontaire, mais c'est plus pernicieux : je l'ai fait en me le cachant, sur la pointe des pieds, dans le silence. J'ai profité d'un moment où j'étais occupée ailleurs et j'ai prétendu que rien n'avait changé.

Et puis en pointillé, sans s'annoncer vraiment, il y a l'instant où je sens un homme ou une femme, et ma peau transmet un message crypté et m'envoie ce que nos corps auraient à se dire dans les ombres et les déclinaisons. L'alarme retentit alors, c'est un ressort violent qui brise l'idée même, la discipline est là et l'obéissance arrive. Je suis devenue obéissante à moi-même, à ce moi qui ordonne la fermeture de tout ce qui constituait ma vie sexuée. Le cerveau feint une surprise, me dit que je ne dois pas m'attendre à voir apparaître ce miracle désormais, il est devenu inadmissible, comme un agent étranger dans mon processus. Je l'ai enterré si profondément qu'il est devenu indésirable.

Il faut que je te parle de cette femme que tu n'as jamais et n'aurais jamais rencontrée même lorsqu'elle flamboyait, celle qui n'est pas la mère, celle que même la maternité n'avait pas vaincue, simplement mise en repos le temps de te fabriquer, comme si mon corps n'avait pas pu diluer sa concentration, comme si je devais me consacrer à une tâche, une seule à choisir pleinement lorsqu'elle demande d'être au-delà de soi, de cette femme qui s'est condamnée au silence.

Elle promenait ce halo, cette invisible toute puissance sur elle-même ; elle savait marcher dans une pièce pour ne jamais être ignorée, poser ses pas et prétendre l'innocence, d'abord, évaluer le terrain, et il lui suffisait de vouloir, elle décidait de qui, comment et quand et se laissait emporter. Elle jouissait de ce simple pouvoir d'être une galaxie, pas d'être belle – elle l'était assez mais ça n'avait pas d'importance –, elle pouvait se passer d'une beauté simple parce que ça n'aurait été qu'ordinaire d'être jolie, elle voulait savoir regarder, sourire, éluder, rire aux éclats et être vulgaire au besoin, provoquer et choquer d'envie les passifs, les tièdes, les peureux, les absents à l'intensité. Elle voulait sentir, vraiment, quel mouvement il fallait avoir dans un instant précis, vivre ce plaisir absolu de contrôler le jeu, de distribuer les cartes et de ne jamais, jamais relâcher cette attention particulière.

Vivre toujours au bord de la rencontre comme devant un ravin insondable, faire plus que marcher sur des braises, elle voulait être les charbons ardents à chaque instant, à chaque porte ouverte, entrouverte, même.

Elle voulait être une herbe qui pousse dans le bitume.

Une autre « moi » a pris le contrôle et a donné un ordre *cette nuit-là*. Quand tu m'as dit. L'ordre est arrivé et aucune des femmes que je suis n'a songé à négocier. On a toutes accepté, centralisation immédiate : le renoncement a été instantané. On devait cesser de ressentir, la machine à plaisir fermait définitivement, dépôt de bilan, pas de plan de reclassement envisagé. Liquidation. Le sexe était devenu inenvisageable, tout ce qui lui précédait devait disparaître et on posait même des barrières : 25 kg d'enveloppe pour cacher les pleins et les déliés, c'est une barrière significative.

On a toutes décidé d'enterrer jusqu'au souvenir des extases passées.

La toute première me revient et on dirait une douceur infinie, la délicatesse d'un émoi adolescent si violent que j'avais tout joué, presque, sans retenue à l'exception de ma virginité gardée comme un bastion. Mes quatorze ans et Damien, ce teint qu'ont les gamins de la campagne qui passent leur temps à monter des chevaux ; était-il beau ? Je ne me souviens que de ses yeux, de ce regard incandescent qui voulait tant éliminer en moi toute forme de discernement.

Ma mère détestait ses parents, ils étaient propriétaires d'un haras normand voisin de la maison de campagne dans laquelle nous passions nos week-end et nos vacances, elle me voyait entrer en combustion et avait fini par lui inventer un chapelet de conquêtes pour que je ne me jette pas dans son lit adolescent. Il avait seize ans, et c'est un monde de différence à cet âge. Le monde qui sépare une fille aux orgasmes inconnus et un garçon qui, déjà, a commencé à découvrir comment se perdre dans un autre corps. J'avais adopté l'histoire du coq de village par discipline, je n'avais plus envie d'aller passer ces week-end en Normandie pour me glisser dans la paille de l'écurie.

J'avais simulé un chagrin d'amour socialement acceptable alors que j'avais parfaitement compris, déjà, que c'était mon orgueil qui était piqué. J'avais été forcée d'abandonner la partie, j'avais perdu par forfait, par inexpérience, surtout.

Le jeu, je voulais l'apprendre sur le bout des doigts, c'était mon recoin d'explosion, le seul qui m'échappait d'une vie sagement décevante alors que je voulais vivre une aventure jusqu'à mourir d'épuisement, user mon cœur, ma peau, chacun de mes organes. Je l'ai maîtrisé, peaufiné au fil des ans, j'ai appris à limiter les impacts pour ne pas coucher avec chaque médiocre que je ciblais pour l'entraînement à mon art et que j'aurais dû prétendre aimer : c'est le risque des débutantes, elles finissent par trop investir mais le jeu, lui, disparaît trop vite quand on n'y prend pas garde, il faut mesurer la distance qu'on doit garder pour ne rien lâcher trop tôt, trop mal, trop loin. Choisir de réserver le sexe à ceux qui nous rendent curieuses, suffisamment pour qu'on veuille les connaître.

Parfois, ils sont nombreux lorsqu'on a cette gourmandise d'humanité et je crois qu'hier, j'ai eu faim à nouveau, faim d'un plat qui m'est interdit et pour la première fois *depuis*, j'ai dû m'empêcher de jouer, m'enfuir, j'ai renoncé à la partie mais elle me brûlait, au moins.

J'aimerais trouver les mots pour te dire comme j'ai cru revivre et crever dans la même seconde, à juste la regarder, à voir cette alliance à son annulaire gauche et ses yeux qui me cherchaient malgré tout. Son violon, ses doigts qui savent courir sur les cordes, ses mains, un peu nerveuses mais douces et calmes aussi, elles ne tremblent pas, elles se posent lentement et donnent le signe. Son visage qui se contracte sur une note dans laquelle on croit la perdre et la voir revenir au monde au même instant. Ses yeux égarés mais jamais lointains.

Tiens, c'est la leçon maternelle du jour : apprends à lire les mains des êtres que tu croises. Leurs mains te diront leur vie. En connaissant leurs mains, tu sauras si tu veux les rencontrer. Tu liras leur nervosité, leur peur, leurs lâchetés, leur avidité, leur impatience, leur gourmandise, leurs maladresses. Commence par leurs mains et n'y cherche pas la perfection, elle n'existe pas. Cherche ton émoi à les voir, déniche celles qui te parlent en silence, trouve leurs blessures indicibles, leurs meurtrissures silencieuses. Ne couche jamais avec qui que ce soit dont tu n'aimes pas les mains – ce sont elles qui doivent mériter ton attention.

Hier soir, dans cette atmosphère de musiciens sans le sou qui ne savent pas vivre autrement, dans ce bar où subsiste ce qui reste de pureté dans cette ville, une femme est venue me réveiller.

J'ai regardé mon corps dans le miroir de la salle de bains en rentrant après que tu t'es couchée, et je me suis sentie vieille. Il paraît qu'on cesse d'être séduisante par résignation, on fait couper nos cheveux et c'est le signe de la fin de la partie. J'ai repéré mes premiers cheveux blancs, et je ne sais plus comment jouer, je n'ai plus les clés de moi-même, il ne me reste que des orgasmes solitaires, désormais, et elle est venue me chercher du regard, pourtant, comme s'il restait cette poudre d'or quelque part, à peine perceptible, mais elle est là, il faut un regard affûté pour la percevoir encore, il faut écarter toutes ces couches de poussière et la carapace et chercher mon regard.

C'est un miracle de savoir que tout n'est peut-être pas mort, que si elle l'a trouvé alors je peux jouer encore un peu, je peux recommencer à m'entraîner comme un sportif après une blessure, retrouver le droit adulte à la rencontre des corps.

Il faudra parvenir à éteindre le dégoût d'abord, ne plus penser à *ça*, rétablir la légitimité, éliminer ces gestes qui n'auraient jamais dû se poser sur toi.

Il faudra avoir le droit de revenir à soi. L'arracher. La démocratie n'est pas l'ordre naturel dans ces domaines, c'est un coup d'État que je vais devoir produire.

Me reste à savoir si je ferai cet effort sur moi-même. Si je veux revivre ça, si je veux, à nouveau, être cette femme au halo.

Et puis comment. Retrouve-t-on jamais le comment ?

- 16 -
Nohé
Benditos os que não confiam a vida a ninguém

Nohé avait rapidement préféré la fréquentation de ses amis aux balades culturelles que sa mère avait tenté de conserver dans leurs week-ends lisboètes. Les dimanches sur le sable brûlant de Carcavelos, les « pyjamas parties » et les mercredis après-midi dans les boutiques du Chiado, première transgression admise au « code de la République de Maman », avaient imposé le rythme des premières marges d'indépendance de son adolescence ; aussi longtemps que ses notes n'en pâtissaient pas, Héloïse lui accordait des libertés inenvisageables en France, que cette sensation de vivre en terre de sécurité leur procurait comme un onguent sur un muscle endolori. Lentement, la mère avait accepté de relâcher sa constante surveillance pour ne plus exiger que la connaissance de l'endroit où Nohé se trouvait et des personnes présentes, ne conservant que l'interdiction absolue d'une sortie le soir sans accompagnement adulte, frustration suffisante pour feindre une opposition à l'autorité que toutes deux pensaient légitime.

Les photos de Lisbonne avaient d'abord été réduites aux quelques visites touristiques qu'Héloïse avait imposées, de la tour de Belém au Monastère des Géronimites, des janelas manuélines au système d'alimentation en eau de la ville ou au musée des Arts antiques, elle avait même dû subir la passion de sa mère pour la collection d'art contemporain du Museu Coleção Berardo, « qui n'a rien à envier à Beaubourg », clamait Héloïse à qui voulait l'entendre – quels que soient les scandales de corruption et d'escroquerie patente qui l'entouraient alors.

L'objectivité d'Héloïse s'interrompait là où l'art commençait.

En dehors des lieux touristiques habituels et clichés de calçadas aux motifs fleuris que personne n'ignorait à l'heure d'internet, elle s'était concentrée sur le seul paradoxe perçu par son œil-objectif, le même qui la saisissait partout : les frôlements de mondes qui, ailleurs, ne se rencontraient pas.

Le quartier dans lequel elles vivaient désormais avait tout d'un paradis bourgeois : à deux pas de l'Assemblée nationale et de la résidence du Premier ministre, la basilique d'Estrela exposait son clocher face à la fenêtre du salon alors qu'à l'arrière de l'appartement, le Tage leur offrait ses roses, ses oranges et ses noirs et blancs, selon le jour et l'heure. Nohé aimait se figer devant cette baie vitrée et guetter le mouvement du drapeau du Castelo São Jorge au loin, comme pour lui indiquer le bout de la ville à cet endroit qui l'avait vue naître dans une pente que le tremblement de terre de 1745, traumatisme légendaire de la capitale portugaise aux mille livres d'histoire, n'avait pas pu modifier.

Héloïse avait instauré un rituel du samedi qui démarrait par une visite au Mercado de Campo de Ourique, devenu le quartier de prédilection des Français pour sa proximité avec leur lycée, où elle avait pris ses habitudes auprès d'une maraîchère chez qui elle trouvait des légumes cultivés à Caparica, de l'autre côté du Ponte 25 de abril si semblable au Golden Gate Bridge, arborant à son extrémité un Cristo Rei magistral en réponse à Rio de Janeiro. Elle envoyait ensuite un message à Nohé qui n'avait aucun goût pour ces transhumances alimentaires, et la retrouvait au petit kiosque du jardin public d'Estrela tenu de main de fer et de sourire lumineux par une jeune femme brésilienne telle qu'en leur légende, hanches déployées et tresses savamment organisées, pour une tosta tomate-queijo de cabra et un jus de fraises fraîchement extrait, comme un rendez-vous ménagé dans la vie sociale si remplie d'insouciance de la presqu'encore-petite. Elles profitaient de cette heure ensemble pour évoquer la semaine passée, aborder des sujets d'importance tels que la tenue appropriée pour la fête d'anniversaire d'une amie ou les engueulades tonitruantes que les débordements hormonaux ne manquaient pas de provoquer ; leur moment « mère-fille », préservé comme un joyau auquel Héloïse tenait par-dessus tout.

Au fur et à mesure du temps, Nohé avait cependant ménagé des échappées photographiques secrètes, et, si Héloïse avait noté que l'appareil photo la suivait en permanence en dehors du collège, elle n'avait aucune idée de l'obsession visuelle qui avait commencé à hanter sa fille, concentrée en deux personnages qui, dans son esprit, symbolisaient tous les contrastes de cette ville en général, et de « son » quartier en particulier.

Les premières fois, Héloïse avait bien tenté un « tu me montres ? », mais il avait été accueilli par un mouvement de tête latéral, sans même un regard et il avait été clair que, désormais, les photos de Nohé resteraient confidentielles sauf avis contraire de leur autrice, et, bien qu'elle la vît parfois se ruer sur la machine dans le salon pour le pointer dans la rue, Héloïse n'avait aucune idée de ce qui occupait sa fille dans ces instants de concentration fulgurante.

Nohé, elle, avait conçu une exploration ouverte par deux personnages, ombres du quartier que personne n'ignorait.

Il y avait eu d'abord cet homme sans âge selon elle, mais d'âge grisonnant au bas mot, qu'elle avait vu errer dans les rues, dans un périmètre encadré précisément : d'Estrela, il remontait à Campo de Ourique, aller et retour tout au long de la journée. Elle le croisait ainsi dans ses parcours le matin en se rendant au collège ou l'après-midi en en revenant, et elle avait d'abord cru qu'il s'agissait d'un de ces bourgeois âgés qui vivaient encore dans les environs, comme le suggéraient ses vêtements toujours impeccables, ses chaussures cirées, ses joues rasées de près et sa coiffure soignée. Les vieux se ressemblaient tous dans le voisinage, ils maintenaient cette apparence sans accroc portée par une génération qui avait vécu l'ordre dictatorial, l'enseignement obligatoire du français et la dignité marquée par les ourlets impeccables des pantalons et les mises en plis des épouses, rafraîchies chez le coiffeur toutes les semaines puisque tous prorogeaient ces actes d'habitude, encore à ce moment.

Elle l'avait ensuite vu par la fenêtre du salon, assis au seuil de la porte de l'épicerie de quartier tenue par un couple d'Indonésiens venus tenter la chance d'un avenir souriant à force de travail acharné, et elle avait alors remarqué l'affaissement de ses épaules sur lesquelles le poids d'un monde semblait prêt à s'envoler à force de ne plus tenir qu'à un fil. L'instant d'après, il s'était levé et avait ramassé un mégot au sol, avant de chercher la trace de tous les autres. Plus tard en le croisant, elle l'avait vu parler seul, les yeux baissés, les lèvres mobiles comme s'il mâchait, comme le font ceux dont la dentition n'est plus qu'un souvenir, et elle avait remarqué que ses chaussures toujours si propres étaient trop grandes, trois pointures, sans doute.

Ce qui l'avait frappée, c'est le temps dont elle avait eu besoin pour voir qu'il faisait partie de ceux qu'en France on enveloppait dans un acronyme : SDF. Comme s'il ne voulait pas déranger, il était cette silhouette que tous connaissaient et qui parfois prenait la forme d'une ombre, du boucher à la manucure, du buraliste au maraîcher, on le saluait comme on aurait salué n'importe quel autre voisin. Il disparaissait le soir lorsque le jour tombait, réapparaissait au petit matin et entamait ses pérégrinations, immuables et permanentes. De temps à autre il entrait dans une des tascas du quartier où on lui offrait un café, et on pouvait alors entendre sa voix grave confirmer qu'il avait toutes ses facultés mentales, sans que rien n'y fasse défaut.

En contraste avec cette ombre mouvante, il y avait eu ensuite une autre apparition : campée dans des mocassins sombres, les bas à varice sans un pli sous une jupe marine qui descendait à mi-mollets, la taille enfouie sous un pull de laine assorti abritait un chemisier blanc fermé au col dont s'échappait un crucifix, été comme hiver. Elle avait sans doute quatre-vingts ans, peut-être plus, et le chignon d'argent solidement formé, elle attendait sur le trottoir que le feu passe au rouge pour attraper un bras à proximité, quel qu'en soit le propriétaire. Elle intimait alors un « preciso ajuda[3] » impératif pour se faire accompagner à petits pas où bon lui semblait, et ne se souciant que de sa destination à elle, elle entamait la conversation dans un portugais d'institutrice, les syllabes détachées et nettes – ce qui était rare, tant la prononciation marathonienne des Lisboètes était difficile d'accès aux apprentis lusophones qui s'essayaient à sa maîtrise.

En entendant l'accent français de Nohé, elle lui avait fait la liste des villes hexagonales qu'elle avait connues dans sa jeunesse d'enseignante catholique : Lourdes, Lisieux, Grenoble, Saint-Étienne, autant de voyages qui lui avaient permis de rencontrer des communautés aussi pieuses qu'elle. Arrivée à destination, elle envoyait une bénédiction, suivie de la recommandation pointée d'un index recroquevillé par les ans d'être une bonne fille, dans l'envie de proroger des règles sociales dont elle ignorait volontairement la disparition progressive au profit de jambes dévoilées par des shorts et des mini-jupes aux airs de libre insolence.

Avec l'entrée dans son champ quotidien de ces deux personnages de roman, Nohé avait bâti une passion pour « les petits vieux » et avait passé ses années lisboètes à les photographier. Elle se fixait sur les détails de leurs mains, sur leurs regards fatigués ou souriants, sur leurs mentons qui se dressaient pour refuser l'affaissement, leurs pas prudents sur les pavés glissants ; ils lui semblaient être les vigies d'une culture en voie d'extinction luttant contre le rythme lentement effréné de la ligne 28E de l'Electrico et ses touristes entassés comme les sardines qui leur étaient vendues pour locales et pittoresques dans des boîtes colorées, alors que la pêche de la sardine était limitée chaque année pour repousser l'inévitable disparition de ce poisson trop consommé.

Entre un monde qui disparaissait et un autre qu'elle tentait de faire sien, Nohé éloignait progressivement le souvenir de sa blessure, en apparence au moins.

- 17 -
Héloïse
- Je ne suis pas celle qu'on épouse -

J'ai l'impression de revenir à toutes les questions adolescentes, d'adulte frémissante que je me posais alors, une bouteille de mauvaise bière tiède à la main, quand les parents partaient en week-end en feignant d'ignorer que trente corps surchargés d'hormones allaient déferler pour 24 heures, les poches garnies de mauvais shit qui faisait des trous de boulettes dans la moquette neuve et de capotes faciles à enfiler sur des pénis toujours prêts à se dresser, comme une esquisse maladroite de responsabilité à l'ère où le sexe s'est mis à tuer les velléités de décadence dans l'œuf.

C'est comme si la machine avait subi un arrêt soudain et une réanimation poussive, comme si je devais réapprendre tout ce que j'ai su par cœur pendant si longtemps. Tous ces instants qui filaient sans que je les aperçoive, les réactions automatiques parce que le cerveau avait appris ce qu'on fait, ce qu'on évite de faire, ou comment on rattrape l'équilibre en cours de route quand on a mal écouté le souvenir de la chute et qu'on a les genoux écorchés.

Ça fait des mois que la machine a été arrêtée et elle semble prête à reprendre les opérations, ma peau m'envoie ce message nuit et jour, je croise d'autres corps, ceux-là mêmes qui n'auraient rien provoqué, ou de l'effroi, et c'était alors une chance presque, de ressentir quelque chose.

Pour un temps, j'ai pris le dégoût pour un cadeau, comme s'il était la trace de mes cellules en vie quelque part.

Il a fallu plusieurs frôlements pour l'admettre, le moteur était froid comme les 205 qu'il fallait démarrer au starter l'hiver quand j'étais petite, approcher les contours lentement, imaginer une peau, laisser les respirations se poser dans le désordre. Et quand j'y suis enfin arrivée, c'est autre chose qui est venu à moi. Autre chose que le plaisir d'une peau à découvrir, que les secrets qu'on ne livre que dans une expiration de renoncement, autre chose que le soulagement de savoir qu'on existe dans des mains qui nous emportent dans un tourbillon d'avidité, autre chose que tout ce que je connaissais de moi – de moi comme j'aurais dû l'être –, si les choses avaient simplement repris leur cours.

J'ai été ramenée à la mère.

L'ironie est savoureuse quand y pense : quand je crois pouvoir retrouver la femme, c'est la mère qui pointe sa sale gueule tendre, ses bras qui enveloppent et qui rassurent un adolescent trop vieux pour l'être, un pauvre garçon de 45 ans qui n'arrive plus à bander mais ça l'arrange, cette façon d'avoir une femme prête à tout bouffer dans ses draps et de parler de lui, de lui seulement, de ne rien me donner.

Il a probablement vu la mère en moi toujours disposée à jouer son rôle, cajoler et entourer, comprendre, écouter ce qui n'est pas dit, rassurer et murmurer « c'est pas grave, t'inquiète pas, rien n'est grave avec moi, je suis contente de sentir ta peau » comme une lamentable berceuse trop entendue depuis la nuit des temps – alors même qu'il puait de la gueule – faut-il que je sois prête à tout.

La vérité c'est que j'étais furieuse de frustration parce que je ne voulais pas lui parler, je voulais sentir son sexe en moi pendant des heures. Qu'il la boucle et qu'il me baise, c'était ce que je voulais.

Sois outrée de mes mots ma fille, autant que tu le voudras. Sois outrée à t'en faire péter les yeux si ça te chante, vomis tout ton dégoût de la femme qui t'a mise au monde : ta mère voulait être une femme aussi. Et une femme, c'est ça, aussi. Je ne suis pas un putain d'utérus et je suis furieuse, et j'ai envie de le hurler jusqu'à ce que mes poumons crèvent d'épuisement, de vider ma rage d'ignorance, cette négation de moi qui m'étouffe jour après jour pour rien, sans que ça ne serve à rien ni personne, ce sacrifice-là est inutile, vain, c'est un gouffre dans lequel je m'enfonce à chaque instant.

Je ne suis pas un putain d'utérus et je veux jouir. Jouir comme une femme qui s'oublie à chaque seconde. Comme un tremblement de terre, comme cette chanson complètement conne, « comme un fou comme un soldat », comme s'il fallait être un homme pour avoir le droit de le dire, cette conne chante ça au masculin. Et mon corps de femme, mes seins de femme, mon ventre de femme, mon sexe de femme veulent avoir ce droit sans justification.

Mais je ne l'ai pas dit, je n'ai rien hurlé, rien du tout et il a retrouvé la mère.

La mère qui ne dirait jamais « t'es mignon mais je suis pas psy, si t'es pas foutu de faire ce pour quoi t'es là, je me casse, ciao ». L'adolescente l'aurait dit, la jeune adulte aussi. Je me souviens nettement de l'avoir dit, une fois. D'avoir brisé l'ego d'un garçon qui ne s'y attendait pas, de lui avoir dit « écoute, on va arrêter, je perds mon temps » parce qu'il avait trop bu pour pouvoir bander, qu'il était cinq heures du matin et que le corps a ses limites. À lui je n'ai pas trouvé d'excuses alors même qu'il en avait, pragmatiquement.

Mais je trouve des excuses à un connard égocentrique de quarante-cinq piges qui vient de se faire larguer par une femme qui avait mieux à faire que de l'écouter dérouler son importance illusoire pendant une décennie, parce que la mère est là en veille, toujours prête à faire des crêpes en cas de fringale, le tablier sagement posé sur la taille, le sourire tendre en bandoulière. Pauvre conne.

Cette connasse de mère qui éteint la femme, qui tue mes entrailles à chaque fois qu'elles se manifestent trop fort alors que j'ai pu arracher deux heures dans une journée, alors que tu es remise à d'autres adultes au collège et que je n'ai à me soucier de rien, alors que j'ai enfin une parenthèse pour hurler ma jouissance si elle se présente, cette connasse de mère trouve le moyen de venir me faire chier jusque-là, alors que je me suis épilée, j'ai fait disparaître mes poils pour ne pas avoir à les mentionner si je ne le faisais pas dans ce monde à la perversion pédophile qui veut qu'une femme n'en soit jamais vraiment une, on doit garder une trace enfantine pour être culbutée, un corps d'enfant sans poils c'est ce qu'ils veulent et on leur donne, eux peuvent bien ressembler à des ours puants sans qu'on leur en tienne rigueur, je cède à ça par flemme et par faim lubrique, c'est jusque-là que je suis prête à aller.

Et c'était pour rien, j'ai maltraité ma peau à la cire trop chaude pour rien, pour avoir dans la main une pauvre bite incapable de se dresser face à mon cul imberbe qui ne demande pas grand-chose pourtant, juste un peu d'attention, ça n'est pas tant demander que mon cul reçoive un peu d'attention. Pour rien du tout.

Ils ne bandent pas face à une femme comme moi, c'est ce à quoi je suis ramenée. Une femme libre, qui n'attend rien d'eux, qui n'a pas besoin d'eux, celles comme moi qui savent se servir d'une perceuse, qui paient leurs factures seules et qui font des choix sans attendre leur validation ça ne les fait pas bander, ça les laisse terrifiés avec leur petit sexe recroquevillé comme s'ils plongeaient dans un océan de glace, comme si leur puissance dépendait de notre fragilité, comme si rien pour eux ne pouvait être sans nous éteindre, comme si, au fond, leur seule chance de survie c'était que nous soyons incapables d'être libres.

Alors ils me punissent, ils réveillent la mère et elle prend le dessus. Parce que je n'attends rien d'eux, ils me réduisent et je les laisse le faire.

Mon corps reste là, sans rien recevoir, jamais, sans être nourri de quoi que ce soit. Et ce ne sont pas des questions adolescentes, finalement. Ce sont les questions d'une femme qui n'a plus le temps de le perdre et qui cherche des réponses introuvables.

Une femme qui voudrait trouver un corps à emboîter dans le sien pour deux heures volées.

- 18 -
Nohé
Un enfant, ce monstre que les adultes fabriquent avec leurs regrets

Sur le canapé rouge, Nohé n'a pas vu tourner les aiguilles de l'horloge antique au mur de la cuisine, et c'est son estomac qui lui parle de ce début d'après-midi. Elle regarde le cendrier plein, le paquet de cigarettes, achetées par Héloïse par cartouches au marché noir, vide, et en conclut qu'une sortie parmi les vivants s'impose. En se levant, elle croise son reflet brouillé dans le miroir, enchaîne avec une rapide vérification olfactive de ses aisselles, sa moue de dégoût lui indique qu'une douche serait une action favorable à la désormais vaine préservation de l'environnement ; sous l'angle social au moins. « La planète est foutue, bon, mais on n'est pas obligés de puer pour autant ».

En entrant dans la salle de bains, elle voit les produits fabriqués par Héloïse, ses « bidules » : pour les cheveux, le visage, le corps, les dents, l'hygiène, l'hydratation, le soin, la manucure – chaque partie du corps avait son « bidule » dédié – composés et dosés savamment au cours d'années d'affinage de recettes toutes plus complexes les unes que les autres. Héloïse avait bâti une méfiance par défaut envers les productions industrielles, et Nohé avait dû lutter, presque, pour qu'elle ne verse pas dans les théories complotistes les plus saugrenues.

L'obsession de sa mère pour les faits, les preuves, les rapports circonstanciés l'avait aidée à maintenir une ligne de flottaison saine dans leurs conversations sur l'état du monde et de l'humanité, à la faveur d'un nouvel accord sans négociation. Dans un monde qui avait perdu tout contrôle sur les informations qui y circulaient comme des traînées de boues malodorantes, elles avaient bâti un nouveau rituel : à chaque doute ou information scandaleuse, la mère envoyait une demande de vérification à la fille, qui se chargeait de fournir les éléments permettant une prise de décision posée sur un sujet donné.

Héloïse privilégiait l'acuité en toute chose, comme une sauvegarde de sa santé mentale.

Après avoir laissé l'eau de la douche laver ses brouillards, Nohé se trouve sur le trottoir de la rue des Martyrs. Un attroupement devant un lycée, comme une nuée de jeunesse adossée aux barrières de sécurité, rit fort et affiche une apparente légèreté. Dans l'adaptation sans fin des cycles de consommation, on aperçoit encore des bandes de filles et de garçons formées et classables par goûts vestimentaires ; néo-gothiques, post-baba cools, crypto-hipsters se voisinent et se toisent, chacun accroché à des appareils désormais flottant dans l'air : l'époque des objets révolus a laissé place à des milliards d'images virtuelles comme suspendues dans l'espace environnant sur une pression légère appliquée sur des bracelets, et se déploie désormais ce qui s'apparentait à des prospectives technologiques hésitantes dans son enfance. Dans cette exposition sans filtre où la réalité est affinée à grand renfort de lumières et d'effacement instantané du moindre défaut ressemblant à une vague trace d'humanité, on ne montre plus que l'éphémère, et la vie privée, ses tourbillons et ses profondeurs, semble être une notion poussiéreuse et sans pertinence.

Elle se souvient des souvenirs égrenés par Héloïse, qui en avait fait un conte sorti d'un grimoire : elle convoquait son enfance du XXème siècle comme une irréalité, sans téléphones portables ni ordinateurs, dans des mercredis après-midi aux horaires télévisuels minutés devant le Club Dorothée, et où un rendez-vous pris était honoré sauf impératif contraire et insoluble. La technologie n'avait pas encore annihilé le temps, et il était même encore inimaginable de communiquer réellement sans présence factuelle ; les télécommunications servaient d'intermédiaire dans un usage strictement informatif, les tarifs fixés à la minute dissuadant rapidement les utilisateurs de tout débordement.

Dans son adolescence Lisboète puis Montréalaise, Nohé avait souvent soupiré face à l'incompréhension d'Héloïse qui la voyait envoyer des messages vocaux en pagaille comme si elle s'était trouvée face à ses interlocuteurs. Elle avait beau être résolument ouverte aux changements de monde pour en avoir déjà traversé un, elle gardait cette méfiance envers celui qu'elle voyait poindre, et dont elle pensait ne rien pouvoir maîtriser. Sa génération avait été dépassée par un avènement de méthodes et outils numériques auxquels il avait bien fallu se plier, mais qui, selon elle, ne portaient intrinsèquement aucune des libertés promises : « on » contrôlerait désormais tout, selon Héloïse, des mots aux déplacements, personne ne pourrait plus accomplir le miracle de la discrétion. La « mobilité » avait pris la forme étrange d'une prison, les voyages imposés à des masses que l'on contraignait à servir des intérêts de production dont elles ne profitaient qu'à la marge et en apparence, seulement. Ceux qu'on avait nommés les « 1 % » avaient opéré les transformations dans le confort des alcôves ministérielles du monde entier autour de dîners débordant de homards et de grands crus, et il fallait désormais louvoyer pour obtenir le droit de mener une existence hors de ces soumissions intégrées au schéma global.

Héloïse, dans ces transitions qu'on disait civilisationnelles dans l'enfance de sa fille, s'était accrochée à un air de grande bourgeoise désargentée qu'elle portait comme une décoration militaire : elle jurait comme un charretier avec cette rondeur appuyée dans les syllabes qui faisaient de ses contestations sociales des scènes de théâtre au romantisme russe, traînant et passionné. Sa consommation quotidienne de drogues alors prohibées, qu'elle cultivait où qu'elles vivent, était une forme de revendication posée comme anarchiste dans des discours grandiloquents, une résistance fondamentale à l'autorité qu'elle voyait comme la seule encore possible alors que les États du monde avaient commencé à initier la notation numérique de leurs citoyens, et les droits qui leur étaient accordés en conséquence. Il fallait désobéir raisonnablement, ne pas se soumettre absolument, quoi qu'il arrive.

Héloïse portait la résistance comme un gilet de sauvetage.

Une des modalités de cette résistance vaine avait été leur voyage, interminable du haut d'âge d'enfant. Nohé s'était accoutumée à l'idée après leur départ de Lisbonne, où elle s'était pourtant sentie si heureuse : pour sa mère, la survie résidait dans ce mouvement renouvelé, et rien de ce qu'elle souhaitait ne pouvait être optionnel. Nohé suivait, quoi qu'il arrive, qu'elle en ait envie ou pas. Elle avait appris trop jeune ce que coûtaient la résistance et la délation : la perte de sa famille, la fermeture de liens que le reste du monde considérait comme immuables et éternels. Elle avait résolu, sans même le savoir, de ne plus jamais provoquer la moindre rupture, il fallait absolument préserver cette dernière digue d'amour prodigué dans son chaos.

Assise à une terrasse, à l'angle de l'avenue de Trudaine et de la rue des Martyrs, Nohé prend conscience de l'absence d'Héloïse, soudain, dans un silence qui lui semble solitaire. Auparavant, elles avaient vécu des soirées silencieuses, l'une en face de l'autre, par centaines. Leur silence habitait leurs heures d'intimité profonde, la substantifique moelle de ce qu'elles étaient l'une pour l'autre s'y manifestait librement : leurs mots, rares, avaient moins de signification que leurs silences, et, dans ces instants, elles se parlaient plus qu'aucune phrase n'aurait pu le dire, leurs regards éveillés par le même détail au même moment. Il leur avait fallu ménager des séparations pour pouvoir s'autoriser des existences autonomes et éviter ce que les pédagogues leur avaient signalé comme étant un danger létal : la fusion absolue d'une mère et d'une fille, devenues incapables de survivre l'une sans l'autre.

Leurs émigrations, que Nohé apprenait à accepter, s'annonçaient désormais ainsi : en une phrase suivie de silences, Héloïse annonçait un départ à venir, et Nohé entamait son processus d'adaptation imposée.

- 19 -
Héloïse
- L'illusion d'une fin -

J'ai failli mourir hier soir. Ou j'ai cru être aux portes de la mort et l'illusion vaut réalité, souvent. Dans la réalité, rien ne s'est probablement produit selon ma lecture de l'événement, si même événement il y a eu.

Ça a semblé durer des minutes en forme d'heures, et pendant tout ce temps j'ai pensé que mon cerveau était en train d'éteindre mon corps méthodiquement. Je l'ai pensé consciemment, à chaque instant alors que j'étais incapable de bouger ou de parler, mais ma conscience, elle, était claire. C'est ce que décrivent ces histoires de locked-up syndrome, cette forme de paralysie qui laisse juste assez d'énergie à ton cerveau pour penser, rien d'autre ne fonctionne plus que cette essence : penser. J'avais l'ouïe, l'odorat, et la pensée. Et une forme de toucher, étrange et sélectif, celui qui ne concerne aucune douleur, qui ne retient que ce qui nourrit.

Tu sais, le mois de juin dans cette ville, ces guirlandes partout et les lucioles de la fête qui s'égrènent, les grillades de sardines, la bière et le vin qui coulent à flots et cette simplicité qui sait si bien circuler dans l'air quand on peut s'éloigner des touristes et des expats, ces soirées et ces nuits entières à respirer une joie qui n'est jamais fatiguée, malgré tout. Dans les tourbillons d'une valse étrange, j'ai accepté de prendre ce joint de la main de cette fille qui me le tendait parce que quand je l'ai vue, j'ai su que je ne pourrais rien lui refuser. Rien. Quoi qu'elle veuille, j'étais prête à lui donner. Tu dormais chez une des tes copines-fusion et la nuit n'était qu'à moi, et à elle, je l'aurais donnée et toutes les autres aussi.

J'ai pris ce joint que je trouvais trop grand et je l'ai regardée dans les yeux, ses yeux d'un noir parfait et abyssal, j'ai vu son sourire dans ses yeux qui s'étendait à une galaxie autour, tout est devenu nacré, j'ai inhalé une bouffée en me disant qu'il était trop fort pour moi et que j'avais bu deux verres de vinho verde, ça n'est jamais une bonne idée, et je lui ai tendu le joint, elle a dit non avec sa tête doucement. Alors je l'ai gardé et j'ai inhalé une autre bouffée.

En moins de temps que je ne l'avais envisagé, je me suis soudain sentie reculer instinctivement, je sentais mes pieds bouger sous moi et je ne contrôlais aucun de mes mouvements, je me demandais ce que j'étais en train de faire, et j'ai fini par sentir un arbre dans mon dos pour m'arrêter lentement et puis s'écarter, presque, pour me laisser continuer mon chemin à l'envers jusqu'au muret de pierre. Il m'a accueilli doucement aussi, le muret, il a lissé ses angles pour que rien ne me soit difficile, il s'est fait amas de poussières des millénaires et il m'a laissée glisser contre lui un centimètre de nos matières à la fois, comme pour s'épouser vraiment.

Je me suis sentie assise soudain, ma tête a suivi ma nuque qui ne voulait plus se dresser, les mains au sol et les jambes allongées, j'ai fermé les yeux pour les reposer en sachant qu'aucune autre possibilité ne se présentait, et j'ai attendu. Quelques secondes peut-être, juste le temps que l'amie qui m'accompagnait se baisse vers moi pour me demander ce qui m'arrivait. Je n'ai pas pu lui répondre, j'ai tout juste pu secouer la tête pour qu'elle sache que j'étais vivante et consciente – c'est la première chose à laquelle j'ai pensé, et c'est là qu'une partie de mon cerveau a commencé à entamer le processus d'analyse.

J'ai eu la sensation d'approcher la fin, vraiment, et à chaque instant mon cerveau installait le processus d'analyse : est-ce que je peux partir ?

Mon cerveau m'a posé cette question calmement, sans panique, sans hurlement. Il l'a simplement posée, comme on pose une vraie question à laquelle il faut pouvoir répondre dans l'instinct, réciter les déclinaisons de latin sans réfléchir, le code d'une carte bleue, un numéro de téléphone, et savoir si mourir est une chose possible, maintenant.

J'ai pensé à toi. Je t'ai vue, toi, tes yeux clairs et décidés, j'ai entendu ta voix et ton rire. Je t'ai vue grandir, ne reculer devant rien et savoir quoi faire. Je me suis vue morte et je t'ai vue, et je n'ai pas eu peur. Je me suis dit que c'était un peu tôt, qu'il aurait été bien préférable que ça attende encore un peu, quelques années, mais je n'ai pas eu peur.

J'ai eu confiance.

Je me souviens clairement de cette sensation douce, cette certitude que pour toi, même comme ça, même sans moi, ça irait. Je me suis entendue penser que tu avais toujours su échafauder des stratégies pour prendre soin de toi. Ta façon d'observer avant d'agir, de calculer tes risques encore et toujours, j'ai vu ça à nouveau et j'ai su que pour toi, même comme ça, tout irait bien.

Je ne suis pas indispensable mon Cœur. Tu n'as déjà plus besoin de moi maintenant, c'est juste la douceur qu'on veut encore toutes les deux. On veut la joliesse de notre rencontre. On veut se connaître, se voir changer, se voir vivre parce qu'on y est habituées depuis que tu es venue habiter mon utérus. On y a pris goût, à ce quotidien qui râpe et à la douceur de notre guérison, on la veut encore. Mais la vérité, c'est qu'on pourrait se quitter aujourd'hui.

Je pourrais te quitter aujourd'hui.

Quand je me suis dit ça, quand ces mots me sont apparus, j'étais entourée d'une brigade de femmes. Elles étaient quatre : mon amie, l'apparition aux yeux infinis, et deux autres qui ne m'étaient pas familières. L'apparition, elle, a saisi ma nuque et l'a amenée doucement sur son épaule, j'ai senti sa main gauche, la peau fine, les doigts allongés et frais sur ma nuque est restée et ma tête est venue se loger dans son cou, je me suis sentie pleurer doucement, je tentais de dire « disculpa por favor[4] » mais rien ne sortait, je le disais en pleurant dans son cou sans qu'aucun son ne sorte, pas une larme gémissante pour venir lui raconter comme je me sentais libre soudain, libre de mourir, le front sur sa peau.

Je ne crois pas avoir jamais ressenti tant de sécurité. Ces femmes, là, repoussaient les hommes qui s'approchaient avec leur cape de héros à deux grammes d'alcool dans le sang, et elles avaient dressé un barrage insurmontable autour de moi, elles m'ont arrosée d'eau glacée, elles m'ont giflée, elles m'ont cajolée, elles m'ont protégée.

J'avais cette certitude absolue que rien de mal ne pouvait m'arriver et que je pouvais mourir. Et j'ai pleuré mon soulagement pour moi seule comme un joyau, ma fatigue, mes terreurs passées dans sa nuque, comme tout s'envolait de moi, comme tout reprenait sa liberté soudain, comme des chaînes qui s'ouvrent sur des chevilles qui n'en peuvent plus d'être entravées.

J'ai pensé, dans une expiration de repos infini, que mon cerveau avait commencé à éteindre mes fonctions les unes après les autres pour ménager la machine, et qu'il allait bientôt éteindre mon cœur.

Et je n'ai pas eu peur. J'ai eu confiance en toi.

Il a sans doute fallu une heure ou deux pour que je revienne à moi dans le camion des pompiers, lentement, j'ai repris le contrôle de mes organes. J'ai appelé un taxi et je suis rentrée, je me suis couchée et j'ai dormi. Mieux que je n'avais dormi depuis des années, d'un sommeil calme, simple, sans rêve. Rien n'est venu déguiser mon sommeil en théâtre de guerre, cette fois, il n'y avait que la douceur, cette connaissance, la sérénité de savoir que tu irais bien.

Je sais que tu iras bien. Je peux mourir, et tu iras bien. Puisque je le sais, désormais, on peut quitter cette ville, je crois.

- 20 -
Nohé

L'espace est un corps imaginaire comme le temps
un mouvement fictif

En regagnant l'atelier, Nohé regarde le salon, ce canapé rouge comme une ancre hasardeuse.

Elle avait ordonné une pause au diaporama, elle le retrouve figé sur les trottoirs rougis de feuilles de Montréal à l'automne, quand chaque couleur devenait sa propre essence avant que la neige ne commence à éteindre le souvenir des foisonnements, quelques semaines après leur arrivée dans le quartier du lycée français, Côte-des-Neige.

Le canapé rouge avait fait son entrée dans leur vie à ce moment ; dans chaque salon de chaque ville où Héloïse avait posé ses cinq cartons ensuite, elle avait installé un canapé rouge comme la marque de leur constance possible, à défaut d'être existante. À New York, il avait fallu chercher celui qui convenait, ni trop grand ni trop petit, et elles avaient passé des semaines avec cet espace béant dans le salon en se contentant de quatre chaises, qu'on déplaçait selon l'organisation, et d'une table basse esseulée comme échouée là, au milieu de nulle part.

Pour rejoindre Montréal, elles avaient fait le voyage depuis Lisbonne en bateau, dans la cabine d'un cargo transportant des voyageurs voisins de conteneurs pour le temps de la traversée. Héloïse avait décrété que ce départ-là devait être plus long, qu'elles devaient prendre le temps de traverser l'océan au rythme de ses courants, de ne plus être ces voyageuses pressées par une cavale intérieure, mais prendre le temps nécessaire de mesurer la distance qu'elles auraient parcourue depuis le « vieux continent ». Nohé avait pensé à cette expression, « le vieux continent », et l'avait trouvée insensée dans son inexactitude, ou son arrogance. Comme si le seul repère possible était celui de la colonisation du monde entier par les cultures européennes, ce qui leur avait précédé étant réputé n'avoir jamais existé.

Héloïse tenait au romantisme en toute chose.

Il avait donc fallu faire de leur traversée une anticipation de leur vie à venir dans un fantasme de forêts et de lacs, de distances infinies à parcourir et d'hivers à contempler les aurores boréales dans un silence calfeutré de neige. La carte postale aux accents idylliques d'Héloïse était accueillie par la bouderie de Nohé et son deuil de Lisbonne, malgré les incantations permanentes de sa mère : « Arriver à Montréal à quinze ans, c'est apprendre la saveur d'un printemps, mon Cœur, et ça sera le tien. Tu vas adorer, c'est certain ! »

Nohé, elle, avait pensé qu'à Montréal, elle serait loin de l'océan tel qu'elle le connaissait et, après quelques brèves recherches, elle avait eu la confirmation d'une torture à venir : des hivers lents au froid pétrifiant. Et alors que, dans un élan d'enthousiasme embarrassant pour une adolescente, Héloïse avait passé ces interminables jours de voyage océanique à écouter Robert Charlebois et Diane Dufresne en boucle, Nohé avait glissé la sangle de l'appareil photo autour de son cou dans un silence réprobateur, résolue à fixer son œil sur chaque point de rouille accessible sur le cargo, comme pour se rassurer : la corrosion n'était jamais définitive, et, même entamé, le processus laissait à la matière la possibilité de la résistance passive.

Les premières semaines dans la capitale économique de « la belle province » avaient surtout été passées à envisager la géographie de cette ville d'Amérique du Nord au dessin symétrique, si opposée aux ruelles courbes et glissantes de Lisbonne et ses recoins de merveilles. Ici, on parlait de coins de rue, d'est, d'ouest, de nord et de sud comme s'il était naturel de savoir s'orienter dans l'espace, et toutes les deux avaient rapidement constaté que cette compétence leur manquait.

Il avait aussi fallu apprendre cette langue qu'elles ne connaissaient pas et dont les Français estimaient pourtant qu'elle était la leur ; mais le français du Québec n'était pas le français hexagonal, ses subtilités se plaçaient ailleurs, comme une résurgence de siècles passés luttant pour survivre sur un continent qui lui laissait à peine assez d'air pour que le sang puisse circuler dans un espace immense, et où les concessions étaient faites puis aussitôt niées, à grand renfort d'indignation. Au Québec en général, et à Montréal en particulier, la langue était plus qu'un terrain commun, c'était un enjeu stratégique qui faisait alterner positions de principe, bilinguisme de confort et tolérances inavouables.

La bataille légale, marquée par la loi 101 qui imposait le français préséant en toutes circonstances et qu'accompagnaient des réprobations furieuses lorsqu'un élu commettait un « Hi » au Parlement plutôt que le « Bonjour » qu'on voulait défendre bec et ongles, se satisfaisait ainsi de trahisons linguistiques balayées d'un revers de main : elle était menée dans une poche de résistance aussi grande que la France mais à la population presque dix fois inférieure en nombre, et il était évident qu'il fallait crier plus fort, lorsque le nombre faisait défaut.

Nohé entendait ainsi quelqu'un se plaindre « d'avoir eu d'la misère à parker son char au stationnement », mais trouver que le préposé au guichet était « ben hot », qu'il avait « l'air ben fin, pas comme ç'ui d'la s'maine passée qu'avait l'air bête en taberouette », puis discuter du « lunch » de la veille dans un nouveau restaurant « ben l'fun », où la serveuse était « full cute ». À Montréal, on était « magané », il faisait « don'ben frette icitte », on « s'en retournait chez nous » et on générait des redondances à chaque question, avec un « tu-veux-tu », « tu-sais-tu », « t'as-tu-vu » ou pire encore, on enfonçait le clou avec des « vous voulez-tu », « on est-tu » que Nohé trouvait tout bonnement ridicules. On lançait des « aoueye », des « ayoye », des « ben là ! », des « cou'donc », des « mets-en », que l'on faisait suivre d'un « c'tu weird ? », on était « badass au bout' » et on remplissait la « tank » de son « truck ».

Entre la somme des mots qu'elle n'avait jamais entendus, ceux qui lui paraissaient employés sans aucun souci du bon sens, un accent qui s'évertuait à ouvrir ses syllabes à tous les vents et le mélange instinctif de l'anglais aux habitudes locales, elle se comportait en parfaite membre de la confrérie des savoirs coloniaux, autrement nommée par les Québécois « maudits français » : seule l'organisation linguistique hexagonale lui semblait digne d'être, et la seule utilisation décente de l'anglais dans le vocabulaire courant devait lui être assortie, peu lui importa qu'il fût tout aussi barbare que celui qu'elle réprouvait dans le sourcil levé de son dédain silencieux.

Sans l'avouer, Nohé se sentait aussi cernée que cet état, retranché au bout d'une terre que balisaient les anglophones, canadiens et états-uniens, et alors que la blancheur soudaine de Montréal avait commencé à lui apprendre ce que l'hiver signifie vraiment, elle ne parvenait pas à imaginer que le printemps de la ville puisse être autre chose qu'une saison incohérente par nature de plus.

- 21 -
Héloïse
- Larmes de crocodile -

J'ai bu « un » verre avec une femme en larmes, ce soir, la mère d'une de tes copines du lycée qui pense faire de moi sa nouvelle meilleure amie.

L'homme qu'elle croit aimer l'a quittée. Peut-être qu'elle l'aime, après tout ; j'ai des doutes sur la fréquence de l'amour, souvent. Mais peut-être qu'elle en est, de ces êtres rares qui ont réussi à aimer un autre sans l'avoir mis au monde ; j'en doute à la voir pleurer sur elle-même, comme c'est l'usage.

Au fond dans tout ce jeu pathétique, ce qu'il y a d'abord, c'est de la peur. De la terreur, même, une vague permanente de terreur pure qui nous fait faire n'importe quoi, nous allier au premier ou à la première venue qui semble correspondre à peu près. La terreur de la solitude.

Et ce qu'il y a d'autre, ensuite, c'est l'orgueil. Cette bouée de secours qu'on invente par instinct de survie : si tu me quittes, j'ai perdu la partie. Jamais je ne l'avouerai, ce serait laid, inacceptable, parfaitement inconvenant.

La terreur de la solitude et l'orgueil, c'est ce qui dirige les relations amoureuses, qu'elles soient éphémères ou durables. L'amour, c'est autre chose, une rareté qu'on reconnaît à l'infinie liberté qui l'accompagne.

Alors on déguise la terreur et l'orgueil, on les rend admissibles et convenables, on fait en sorte de pouvoir justifier les heures volées aux amis en lamentations et sanglots pathétiques, les volumes invraisemblables de mouchoirs souillés, les soirées à se répandre en alcoolisme, les kilos de chocolat et de fromage, les pots de pâte à tartiner pour soigner notre orgueil. L'autre est parti : on a perdu. Il a brisé le miroir, il a gâché ce reflet parfait qu'on voulait projeter, le désir qu'on devait générer pour soi, l'idée que si un autre être nous veut, on a une raison de croire qu'on a une place légitime dans ce bordel.

C'est ça, le truc après lequel on court dès qu'on prend conscience de nous-mêmes : mériter une légitimité d'exister. L'autre est là pour ça, pour rien d'autre : il doit nous prouver notre mérite à être, et s'il nous quitte, il nous enlève ça. Alors c'est notre orgueil qui se brise, ça fait le bruit d'un vase en cristal sur des tomettes rouges, ça s'éclate partout en monceaux de centaines de morceaux, et on se retrouve à prétendre qu'il nous manque, que l'irremplaçable bonheur, le sien et le nôtre, nous a été odieusement enlevé pour ne pas avouer la vexation d'une partie perdue.

On soigne la plaie, on la cicatrise et un matin, on réalise qu'on est seul. Et la terreur arrive, on tremble en silence et on se connecte à des services de rencontre en espérant secrètement dénicher un nouveau miroir, ne pas être seul à devoir regarder notre sale gueule de médiocrité tous les jours sous la lumière blafarde d'un néon de salle de bains, le non-sens absolu de notre venue au monde, cette loterie qui se passe volontiers d'une raison, il nous faut l'autre, à tout prix.

Parfois, on rencontre vraiment l'autre. Si rarement. On sait alors que l'amour n'a rien de ce cirque de possession, d'exclusivité, que tout ce rituel n'est rien d'autre qu'une organisation sociale, un rite de préservation du patrimoine, une illusion de maîtriser la filiation et l'héritage. On sait que l'autre, s'il partait, si on le savait heureux de partir, on l'y aiderait. On pleurerait à la perspective de ne pas pouvoir le regarder encore un peu et on l'aiderait. On ouvrirait les portes en grand, toujours, les fenêtres et toutes les ouvertures pour pouvoir lui donner l'air, la lumière, on ne songerait pas un instant à en faire notre propriété unique et pingre, notre territoire limité et égoïste.

C'est ma leçon maternelle du jour, tiens : apprends le délice de la solitude. Offre-toi le luxe de mettre une sourdine à ton orgueil pour te repaître de ta solitude, mon Cœur, c'est la clé de l'acceptation d'un fait simple : nous n'avons pas d'importance. Ça n'est pas triste tu sais, ça n'est pas sombre, pas dépressif. C'est clair et sans fantasme.

Chacun d'entre nous est seul, et aucune de nos vies n'a de sens.

Tu n'y parviendras pas toujours, l'orgueil est puissant, il est bruyant, il sait éteindre le reste dans un tonnerre, c'est son rôle. Et puis même il fait du bien, il soulage, il nourrit. C'est une saloperie délectable, il fournit tout ce dont on a besoin.

Mais il tue la solitude. Le délice de la solitude, quand on peut se mettre à aimer ça, c'est sans fin. C'est un genre de bain à la Cléopâtre, un truc complètement décadent et irrésistible et qui fait flipper toutes les bourgeoises protectrices de ce qu'elles estiment leur revenir de droit, tous les types tétanisés à l'idée de devoir gérer leur vie en adultes : l'autre sur lequel ils ont mis la main et qui les rassure, qui les cajole, qui les materne, qui justifie leur existence. Parce que, seuls, ils seraient bien incapables de trouver une raison à leur être et ils veulent pouvoir se sentir supérieurs aux non-existants, ils veulent mériter ce qu'ils voient comme un privilège, et non comme un hasard biologique.

Mais la solitude, mon Cœur, c'est être à poil dans ton salon en hurlant *La danse des canards*, et savoir que dans cinq minutes tu vas saisir ce que tu n'avais jamais pu voir de toi en finissant cette bouteille de rhum, et que tu peux même la vomir parce que tu es seule, tu n'as la responsabilité de personne d'autre et même pas celle de ta dignité, personne n'est là pour t'interrompre en meublant le silence pour donner une raison à ce couple d'exister, faire semblant d'avoir encore quelque chose à partager parce qu'on a investi. Et il faut que ce soit rentable, le temps, l'argent, l'attention qu'on met dans cette connerie. On se maquille, on s'épile, on porte des escarpins qui nous écrasent les pieds, on décore une maison, on choisit une voiture, un chien, on range des fringues dans des placards – chacun son côté – on commande un robot de cuisine, on offre des fleurs à la Saint Valentin, on accepte de baiser sans plaisir et en simulant mal une fois par semaine en sachant que même l'illusion a disparu, on porte des fringues qu'on déteste pour aller travailler avec des gens qu'on méprise, on engage une femme de ménage, on négocie des contrats d'assurance, on régule la consommation d'électricité, on réserve des vacances « all-inclusive » en Guadeloupe dans un club « tellement authentique et super pratique : y'a tout sur place ! ». Ça se rentabilise.

Apprends à aimer la solitude, parce que c'est ta seule alliée objective. La seule qui ne te ment pas : elle se fout complètement de ton plaisir, elle se cogne de ton contentement, elle se tamponne le coquillard de ton épanouissement. Elle est bien au-delà de ces conneries. Elle te laisse avec toi.

Apprends à aimer ta solitude. C'est la seule qui t'aimera autant que moi, je t'aime.

- 22 -
Nohé

Il arrive toujours ce moment où l'on ne se reconnaît plus dans le miroir à force de vivre sans reflet.

Au fil des mois qui passaient, Montréal résistait à Nohé autant qu'elle lui résistait. Il y avait ce curieux mélange entre l'Europe et l'Amérique, une sorte de refus de choisir son camp, ce que son impérieuse soif de repères inamovibles, comme des murs de protection qu'elle dressait entre elle et le monde, lui rendait difficile à vivre. Elle cherchait le sens de l'endroit, sa cohérence, sans jamais parvenir à les trouver.

Ce que Nohé se montrait réfractaire à saisir avait au contraire enchanté Héloïse, et, comme pour ramener le plaisir au centre de cette étape de leur épopée, elle avait entamé son parcours de découverte de la culture québécoise par la cuisine : « on sait toujours où on se trouve quand on comprend ce qu'on mange, à l'assaut ! ».

Les entêtements d'Héloïse étaient indestructibles.

Elles avaient donc trahi leur végétarisme pour passer du smoked meat chez Lester, que Nohé trouvait trop salé, au poulet St-Hubert qu'elle avait qualifié de « fast-food de vieux », elles avaient ensuite enchaîné avec les cabanes à sucre rurales qu'elle comparait à des pièges à touristes, puis la poutine citadine qui n'était rien d'autre un amas de graisse répugnant, selon elle. Les deux seules habitudes culinaires qui trouvaient grâce à ses yeux étaient les petits-déjeuners pantagruéliques qu'elles s'offraient le dimanche matin avant d'aller au marché Atwater, et les cheese cakes engloutis rue Saint-Denis – qu'aucune pâle imitation européenne n'aurait pu égaler. Elle aurait volontiers cessé de manger quoi que ce soit d'autre, si Héloïse n'avait pas freiné son entrain en prétendant qu'il fallait ouvrir ses horizons et passer à d'autres découvertes, ce qui, bien entendu, provoquait un peu plus de mauvaise humeur, largement aidée par les montagnes russes que ses hormones adolescentes lui imposaient.

L'hiver et ses températures souvent inférieures à -20° lui avait par ailleurs réservé une autre surprise : le soleil commençait sa descente à 16 h en plongeant la ville dans les seuls éclairages artificiels, et les occasions de voir la lumière naturelle se réduisaient à la rareté, dans cette saison vécue à l'intérieur. Pendant des mois, elle avait dû passer d'un garage à une voiture, d'un souterrain à un autre, ou s'ensevelir sous des anoraks, gants, écharpes, bonnets et bottes à triple épaisseur, avant d'envisager de s'exposer à l'extérieur. On aurait pu vivre sans autre vêtement qu'une combinaison de ski, ça n'aurait semblé étrange à personne. On passait des semaines à voir des sacs contenant des chaussures de ville pendant aux bras emmitouflés, et chacun déposait ses bottes dans un placard en entrant dans les bureaux et les domiciles, l'odeur des espaces de rangement en question prenant rapidement l'allure d'un caisson nauséabond assez puissant pour se substituer à n'importe quel insecticide, fut-il issu d'un gaz génocidaire.

Lisbonne, ses températures douces et sa lumière inondant les rives du Tage, ne cessait d'occuper son esprit, et la fin de l'hiver tant espéré n'avait rien arrangé : tout au long de la saison, la neige avait joué entre existence et dégénérescence. Elle avait dû éviter les gigantesques flaques noirâtres de sa fonte et de son regain de vigueur : la « slotche », selon le nom que lui donnaient les Québécois dans leur habitude d'adapter l'anglais au français auquel ils s'agrippaient, s'était répandue comme une pandémie de gadoue grisâtre, ni boue, ni graviers, ni neige mais un savant mélange des trois. Le printemps arrivant, la ville soulevait lentement sa chape glaciale sans une once de grâce et sur des trottoirs humides hésitants, sous un ciel gris et bas qui présentait l'avantage d'être assorti à ces flaques envahissantes avec lesquelles elle avait dû compter.

Sans qu'elle ne le sache encore, Montréal apprenait à Nohé ce qu'elle n'avait encore jamais vu : des saisons qui s'ancraient, à l'inverse des hivers aux allures de printemps éternellement étendus de l'automne à l'été au sud de l'Europe. Le nord de l'Amérique, lui, ne se hâtait pas de fleurir, il prenait tout le temps de présenter ses étapes, ses repos et ses besoins dans une nature que la ville, fut-elle une capitale économique, ne pouvait combattre. Ces heures d'intérieur et d'emmitouflage l'avaient forcée à suivre un mouvement, celui qui ramène à soi lorsqu'une plage est exclue sous peine d'y laisser ses doigts, ses oreilles ou son nez : réticente à une réelle amitié qui l'aurait poussée à livrer son histoire, elle avait été laissée à de longues heures de solitude dont elle n'avait pas appris à faire un atout, dans cette course à l'oubli d'une cicatrice prête à s'ouvrir à tout moment.

Lisbonne, où elle avait pu se dissimuler sous des apparences sociales agrémentées d'insouciance ensoleillée, lui avait fourni une parfaite couverture : aucune conversation substantielle n'est indispensable sur une plage ou au bord d'une piscine. À Montréal, au cœur de l'hiver, il n'était plus question d'évanescence. La température et la rareté de la lumière créaient bien autre chose, et si on ne passait pas ses journées à évoquer la substantifique moelle des êtres, on n'avait pas le confort superficiel qu'un bikini offrait.

Construire une amitié vraie aurait demandé d'accepter de se livrer à l'autre, et Nohé s'y refusait.

- 23 -
Héloïse
- Et je vis ton printemps -

Ça faisait huit mois et trois semaines qu'on s'était rencontrées toi et moi, on avait défini nos codes, nos voies de communication ; moi, je parlais, je te donnais ma voix. Le seul moment de mon existence où parler toute seule ne semblait étrange à personne, c'était quand tu habitais mon corps.

Je n'étais plus seule, soudain, jamais. J'étais nous, notre hôte, notre vaisseau. Je passais ma main sur mon ventre colossal en te racontant tout, rien, n'importe quoi, « qu'est-ce qu'on mange aujourd'hui, mon Amour ? En dehors de nos chaussons aux pommes, on mange quoi ? T'as vu, il fait beau, on tente de marcher un peu ? Allez… on peut pas rester allongées tout le temps, c'est pas bon pour nous ». Et tu te retournais lentement, tu avais pris la place de tout en moi, tu me disais « oui Maman, ça va aller, même pas peur », comme ça, doucement.

On a choisi ton prénom toutes les deux, dans une conférence classée secret-défense. Il fallait que ce choix-là nous appartienne, à nous deux seulement. Personne d'autre n'aurait pu savoir, personne d'autre que nous n'aurait pu tomber juste. Alors j'ai égrené, Alice, Olympe, Nohé. Tu n'as pas bougé aux deux premiers mais au troisième, tu as glissé doucement, on aurait dit un sourire, et comme je voulais être certaine, j'ai recommencé, une fois, deux fois, dix fois.

Alice, c'était jaune. Quand je disais Alice, je voyais le cœur d'une marguerite, d'une pâquerette, il y avait la gaîté d'une abeille butineuse. Olympe était bleue, un bleu profond, l'indigo des océans infranchissables et les raies qui volent dans l'eau. Nohé, c'était une onde blanche comme un sourire, un vent qui emporte tout de joie. J'ai dit Nohé et tu as glissé, une fois, deux fois, dix fois, à chaque fois, je disais Nohé et tu disais « oui Maman, c'est ça, Nohé, c'est moi, je suis Nohé », et je te disais « oui, c'est toi Nohé, mon Cœur, c'est toi qui assembles tout, qui sauves mes meubles vermoulus » et je te sentais dans ton cocon faire ce mouvement-là, te reconnaître doucement dans un sourire secret.

Tu as seize ans, mon Cœur. Aujourd'hui, tu as seize ans.

La neige a quitté la ville maintenant, la lumière nous revient, elle réveille tout autour, les arbres sortent de leur sommeil lentement, et tu as seize ans.

Je tente de comprendre où sont passées toutes ces années, à quoi je les ai passées, moi, où se trouve celle que je dois bien être encore quelque part, et je te vois éclore soudain, quand je regarde mon visage dans un miroir il se brise pour te donner de l'espace parce que nous y sommes arrivées, à ce moment auquel je n'étais pas prête.

Tu as seize ans et désormais, c'est sur toi qu'on se retourne quand nous marchons côte à côte, c'est toi qui attires les regards que j'attirais avant, et je n'étais pas prête à te transmettre ce bâton-là, celui qu'on passe les unes après les autres, on croit savoir comment on doit faire mais en réalité on n'en a aucune idée, l'effacement n'est pas soudain mais on l'ignore, on se terre dans l'ignorance pour ne pas voir partir ça, pas tout de suite, pas encore.

Tu as seize ans et je te regarde, je vois la lumière qui jaillit de tes yeux, ta peau si lisse, ton pas léger et ton rire comme un geyser de joie, comme si tu ne savais pas que personne n'ignore jamais ton passage.

Je me revois, moi, dans ces années où cette sensation m'était devenue si familière, entrer dans une pièce et savoir en l'espace d'une seconde qui m'avait vue, si mon entrée était réussie, et désormais je te livre nos secrets, les uns après les autres : n'arrive jamais la première à une soirée ; léger sur le maquillage, le but, c'est l'illusion d'optique mon Cœur, pas le camouflage ; fais attention à tes mains, ne sors jamais sans avoir pris soin de tes mains ;

pédicure une fois par mois ma Chérie, tes pieds ont besoin d'attention ; ne mélange pas les rayures et les pois, et les rayures d'ailleurs, toujours verticales pour mettre en valeur ces jambes que tu as si longues et gracieuses ; hydrate-toi, ta peau veut de l'eau, beaucoup d'eau ; non, laisse tes sourcils en paix, on a trop fait ça et nos mères aussi, c'est une torture inutile, ils sont là pour appuyer ton regard alors fous leur la paix à tes sourcils, vraiment ; un homme ou une femme qui dessine saura toujours te lire.

Sans m'en rendre compte, jour après jour, je te livre cette saloperie de manuel qui nous soumet, encore, toujours, depuis si longtemps qu'on ne sait même plus quand on a commencé à jouer à ce jeu à la con.

Tous ces foutus secrets qu'on se passe pour être admises et admissibles, toutes ces recettes pour cacher les défauts qu'ils nous ont collés, tous ces moyens qu'ils ont trouvés pour nous dire que jamais nous ne serions assez, se maquiller, se parfumer, se coiffer et garder nos cheveux longs mais pas trop si on veut être prises au sérieux, se hisser sur des talons, sourire, sourire, sourire. Pour être belles, enfin. Pour être belles, peut-être. C'est ce qu'on nous dit, c'est ce qu'on se dit, c'est ce qu'on répète : on se « fait belles ». On se « fait belles » parce qu'on ne le serait pas sans artifices, on porte cette tâche, la marque indélébile, le coup de Jarnac de la loterie génétique, on se « fait belles » pour planquer notre faute intrinsèque, notre erreur de conception.

Je te regarde reprendre ce jeu à ton compte, je me regarde te l'apprendre même sans mots quand je vernis mes ongles, quand j'épile ma peau, quand je me maquille en soupirant parce que j'aurais une sale gueule, quand je fais teindre mes cheveux pour fuir le temps qui ne veut rien savoir de ma résistance à la mort, je te vois apprendre en silence depuis ta naissance, je te vois prendre des notes, stocker des informations. Je suis celle qui t'a dit qu'on n'était jamais assez belles, qu'aucune d'entre nous ne l'était.

Je suis celle dont tu devras t'éloigner, pour pouvoir respirer.

- 24 -
Nohé

I think of a pessimist as someone who is waiting for it to rain.

Le printemps et la lumière avaient donc accueilli les seize ans de Nohé.

Héloïse avait voulu faire de cette occasion un souvenir indélébile : parmi les choses qui lui semblaient indispensables figurait l'idée de contrôler les risques liés à l'adolescence et ses dérives. Profitant de la récente légalisation du cannabis sur la totalité du sol canadien, elle avait entrepris de former Nohé aux volutes de ces substances, en y glissant des mises en garde quant à leurs effets et l'indispensable maîtrise qu'elle devait acquérir à ce sujet.

Héloïse tolérait peu d'approximations.

Ce samedi matin avait donc suivi une organisation qui semblait minutée, chacun des moments qui la composaient répondant à un regard d'Héloïse sur son antique montre bracelet : le réveil avait été sonné avec une tasse de thé vert, et suivi par un petit-déjeuner comme Nohé les aimait, en terrasse. Héloïse, pendant tout ce temps, avait disséminé des indices laissant entendre que la journée regorgerait d'émotions fortes, et, si Nohé appréciait l'effort fourni, elle n'y voyait rien d'extraordinaire jusqu'à ce qu'Héloïse commande une voiture pour les conduire à la boutique SQDC de la rue Sainte-Catherine, où la débauche stupéfiante était vendue sous contrôle de l'administration dans toute sa puissance.

Nohé avait d'abord regardé sa mère avec incrédulité lorsque la voiture s'était arrêtée devant la vitrine et son drapeau québécois flottant à la petite brise du début d'après-midi, où patientait déjà une trentaine de personnes qui n'avaient rien en commun : au milieu des têtes blanchies par les ans se tenaient les cadres dynamiques et les tenants du monde moderne, précédés de touristes fraîchement débarqués de l'aéroport, valise en mains. Un échantillon de population à la fois mal assorti et parfaitement cohérent, puisqu'il représentait le monde, comme on aurait pu le croiser dans une épicerie ou une pharmacie. Chacun venait y chercher son trésor – qui le soulagement du corps, qui le sommeil, qui l'oubli d'une existence sans relief, qui la dernière chance de se prétendre vivant dans des volutes hilares ou possédées – l'alcool ne suffisant plus à combler les vides.

Mais Nohé ne fumait pas, ni tabac ni quoi que ce soit d'autre, et elle n'envisageait même pas de boire un verre d'alcool. Elle fuyait tout amoindrissement de la conscience par terreur de voir se reproduire ou pire, de reproduire elle-même ce qu'elle avait eu à subir quelques années plus tôt et qu'elle contenait silencieusement, et l'idée que sa mère envisage de l'encourager à consommer des substances lui rappelant l'événement de sa vie qu'elle tentait si désespérément d'oublier l'avait tout bonnement sidérée : aucun mot n'était sorti de sa bouche ouverte lorsqu'elles s'étaient trouvées sur le trottoir et qu'Héloïse avait saisi sa main, accompagnant le geste d'une voix maladroite. « Je sais mon Ange, je sais bien, c'est bizarre, mais il est temps que je t'aide à comprendre tout ça. J'ai juste pas envie que tu t'égares dans une fête avec n'importe quelle saloperie, l'information, c'est le pouvoir. Allez, viens ! », et Nohé avait retiré sa main avant de reculer et de partir. Héloïse était restée sur le trottoir, bras le long d'un corps qui ne savait plus comment se mouvoir, elle avait fini par murmurer « j'ai tellement peur pour toi mon Cœur, tellement peur » pour elle-même. Nohé était déjà à l'angle de la rue Peel, Héloïse ne voyait plus au loin que sa silhouette, la tête baissée, elle devinait ses bras croisés qui maintenaient son appareil photo au bout de la sangle.

Nohé avait pris l'angle de la rue Peel et l'avait poursuivie jusqu'au boulevard René-Lévesque presque sans s'arrêter, elle avait longé le square Rochester jusqu'à son extrémité avant de lever les yeux sur les *squeegees* comme pour la première fois, alors même qu'elle les avait vus des dizaines de fois auparavant. Assis sur le trottoir dans leur attente habituelle que la signalisation leur donne accès aux voitures arrêtées, leur raclette à la main posée sur un genou, il y avait ce seau crasseux entre eux, et elle voyait soudain ces ombres portées de Montréal comme si elles existaient vraiment, cette fois. Elle avait senti ses mains se lever vers l'appareil photo et le pointer sur leurs chaussures défoncées par leur propre épuisement et elle avait simplement enchaîné des clichés de tout ce qu'elle voyait à l'exception de leurs visages, les mains âgées avant l'âge, les jeans élimés et sales, les tatouages approximatifs, les nuques abattues, les bras faméliques, jusqu'à ce qu'ils la voient et lui hurlent de « crisser son camp de d'là, fucking bitch ! ». Elle avait bafouillé un « pardon, pardon, je m'en vais » et avait repris sa marche silencieuse et sidérée sur le boulevard.

Montréal, contrairement à d'autres villes du Canada, tolérait les *squeegees*. On les voyait aux angles de rues tenter de nettoyer les pare-brise à l'aide de la raclette dont ils tiraient leur surnom, ou jeter un œil dans les poubelles publiques à la recherche de canettes de soda vides à vendre pour quelques cents. La plupart noyaient dépressions profondes et versants psychotiques d'une vie trop anguleuse dans la toxicomanie et la bière tiède, et ils se tenaient à un fil dans des vêtements qui eux-mêmes ne tenaient plus que sur leur idée d'existence, dans la prolongation illusoire d'une époque à laquelle ils étaient un mouvement, le reliquat des punks qui tenaient des valeurs en éveil pour la ville. *Starmania* en avait fait un hymne lucratif sans anticiper la perte de ces derniers résistants à l'ordre libéral mondial, dans une ironie exceptionnelle de justesse : quand ils arrivaient en ville, si on ne changeait pas toujours de trottoir, on évitait de regarder ce que le bonheur et la sécurité de la majorité produisaient pour ces inadaptés à la productivité.

La solidarité avait perdu cours dans les villes du monde, mais Montréal était apparu à l'esprit de Nohé à la seconde où elle les avait photographiés, dans un mot dont elle avait soudain saisi le sens : les Québécois, lorsqu'on les remerciait, ne répondaient pas « de rien », ou « je vous en prie », comme les Français. Ils répondaient « bienvenue ». Les premiers temps, Nohé avait été surprise par l'utilisation de ce mot comme par une myriade d'autres, et elle avait fini par le ranger dans la catégorie des traductions littérales de l'anglais avec toutes les autres adaptations linguistiques du français en Amérique du Nord : « You're welcome ». Mais ce jour-là, quelque chose d'autre lui était apparu ; si la traduction était réelle, l'esprit, lui, était tout autre. À Montréal, le monde était bienvenu.

On pouvait bouder la ville, lui résister, lui en vouloir même, on pouvait la regarder avec dédain et hauteur, lui battre froid aussi longtemps et fermement qu'on le voulait. Elle accueillait inlassablement comme elle faisait une place, même crasseuse, même inconfortable, même pauvre, même déliquescente, aux *squeegees*. Alors que le Québec affichait un « Je me souviens » sur ses plaques d'immatriculation pour ne jamais renoncer à sa différence de tout un continent, Montréal continuait à accueillir le monde, quoi qu'il arrive.

Affalée sur le canapé rouge, les yeux au plafond blanc sale, elle se souvient de la sensation de vide qu'elle avait ressenti à chaque pas qu'elle avait posé au sol ensuite, chaque mètre parcouru laissait un silence infini envahir son crâne. Elle revoit le sourire presque enfantin d'Héloïse sur le trottoir avant qu'elle ne s'éloigne, ce sourire qui aurait dit « j'ai jamais promis d'être parfaite » à chaque fois qu'elle faisait une énorme bourde et ses pas à elle, posés dans un rythme égal, pas vraiment une fuite désordonnée, un éloignement méthodique.

Elle avait suivi le boulevard jusqu'à la rue Bishop et, de fil en aiguille, elle s'était retrouvée devant le parc du Mont-Royal. Assise dans l'herbe sous un arbre, elle avait alors pris la décision qu'à la fin de l'année scolaire, Héloïse et elle déplaceraient leurs cartons au sud ; il était temps que ce soit elle qui fixe leur itinéraire.

Elle avait décidé de libérer Montréal pour investir New York.

- 25 -
Héloïse
- Ces pas que tu poses -

J'ai tant désiré et redouté ce jour, dans cette contradiction que je traîne depuis ta naissance, cette évidence que je ne peux plus rien depuis longtemps, déjà. Tout juste donner un signe, initier un mouvement, peut-être. Et tu as choisi, cette fois, tu as pris les commandes. On part pour New York parce que tu en as décidé, et il me reste à faire en sorte que ça fonctionne. Je savais que ce jour viendrait, il me reste à t'aider à le réaliser.

Il faut que je te dise, maintenant. Parce que tu as pris les commandes, il faut que je te dise comme tu sais tout.

Comme au début, la plus forte de nous deux, c'était toi.

Tu avais cette vague lente installée par défaut dans le logiciel. Tu regardais la vie se produire et tu prenais le bon courant. Tu observais, beaucoup, longtemps. Tu repérais les obstacles, les risques, les points de sauvetage instinctifs, et tu te lançais dans un rythme rationnel.

J'ai compris ça en te voyant faire tes premiers pas : ça faisait des semaines que tu te tenais debout, amarrée, que tu avançais un pied lentement, que tu calculais tes angles de flexion, que tu évaluais les sols. Tu regardais tout ça méticuleusement, dans chaque moment que tu y consacrais, et puis, un jour, tu as largué les amarres.

Tu as avancé, un pas, deux, trois, quatre… dix. Tu n'as pas fait ton premier pas, tu en as fait dix. Dix premiers pas parfaits, précautionneux, calculés jusqu'à mes mains qui t'attendaient, tu les as atteintes dans un sourire éberlué, une joie extraordinaire d'avoir fait ce truc impossible que tu étais allée arracher à la nature. Peut-être que c'est normal, de faire dix premiers pas. Peut-être que les enfants font ça, normalement, dix pas, d'entrée de jeu.

Tu l'avais fait comme ça : avec observation, avec prudence, avec acuité, et ce jour-là j'ai compris. Quand je t'ai vue dérouler ta stratégie, je me suis dit « elle est sauvée, elle va pouvoir contrôler et à elle, ça va pas arriver ces conneries », il y a eu cette disparition en moi, une serrure qui s'ouvrait sans grincement et la porte qui suivait, enfin. Je ne crois pas que j'aurais pu connaître plus belle vengeance sur la vie, à ce moment-là, la simple pensée que pour toi, ça serait différent. Que tes blessures ne viendraient pas de ma vie à moi, que tu te planterais autrement, que tu amortirais mieux, que tu avais cette compétence-là de prévoir les filets de sécurité que je n'avais jamais été foutue de tricoter.

Au début, les meilleurs amortisseurs, ils étaient sur tes essieux à toi. Je te regardais et je me nourrissais de ça, de l'idée que c'était cette force-là que je devais tenter de protéger de mes saloperies, ne pas être contagieuse. C'était ça, la mère tendre et forte, celle qui ne lâchait rien, qui courrait des heures et qui ne négligeait aucun détail : c'était le bouclier magique pour te protéger de moi. De mes amours merdiques avec le nième prince navrant de l'année, de mes factures payées en retard et de mes achats compulsifs, de mes interdictions hystériques de Coca ou de Nutella et de mes envolées oratoires sur le féminisme et les saloperies inhérentes à toutes les religions, de mes regards méprisants sur le cinéma grand-public et de mes narines bouchées sur la moindre note de musique commerciale, de mes cernes planqués sous trop de maquillage, tout ça, c'était mon assurance sur ta vie.

Ta vie qui ne serait pas la mienne, il y aurait des portes ouvertes et des fenêtres qui font flotter les rideaux dans le vent comme dans une pub de lessive de supermarché, ça sentirait la lavande, même de synthèse si c'était assez bien imité, il y aurait des enfants parfaits et autant de mecs parfaits que tu le voudrais et si tu le voulais pour aller avec, et personne ne songerait un instant à te le reprocher. Pour toi, ça serait mieux, j'étais certaine de ça.

J'étais ton parasite, tu m'avais rebranchée à l'existence et je m'étais fixée sur tes artères. Je vivais comme ça. Je vivais, *comme ça*.

Le rouleau compresseur a tout emporté, et j'ai dû être la source d'alimentation principale pour quelque temps, le temps que tu reviennes à toi, lentement, le temps que tu puisses refaire surface, même comme un affleurement, juste le temps que tu puisses dire ce que tu es. Le temps que tu retrouves la clé de déverrouillage du logiciel.

Et New York mon Cœur, New York est un tourbillon qui te remplit et te vide, qui te porte et t'échoue, New York est un vortex absolu et entier qui remplit ce que tu es tant et aussi longtemps que tu peux vivre cette spirale. New York ignore le silence, se fout de se poser, elle emporte et transforme et c'est ce dont tu as besoin sans le savoir, sans le percevoir.

C'est cohérent et naturel, cette destination est ta prochaine étape et tout est là, ce voyage est la somme des étapes qui te réparent, un endroit après l'autre, c'était ma stratégie hasardeuse et mal calée et tu es en train de la mettre en œuvre.

TROISIÈME PARTIE

- 26 -
Nohé

Moi qui rêvais jusque-là aux mots magiques
de toutes les villes du monde,
J'hésitai un instant, puis j'acceptai l'étrange proposition

« On va convoquer la chance ma chérie, jusqu'à maintenant, ça nous a réussi ». C'est par ces mots qu'Héloïse avait accueilli la consigne de Nohé – puisque c'en était une – de quitter Montréal pour New York.

Héloïse savait déguiser ses contraintes en opportunités.

À Montréal, elle avait pourtant initié la page suivante de sa vie à elle, tant par nécessité matérielle que par ennui : le pécule post-mortem de *celui dont on ne dit pas le nom* avait largement fondu au fil des années et il avait été temps de penser à percevoir des revenus réguliers à nouveau ; cette réalité saupoudrée de l'autre, moins avouée, de l'oisiveté qu'Héloïse appréciait de moins en moins l'avait conduite à tisser des liens au sein de la communauté expatriée française. Sans avoir pour elle plus d'affection que pour sa semblable lisboète, elle était malgré tout parvenue à y faire suffisamment illusion pour construire un carnet d'adresses assez significatif et, de fil en aiguille, avait obtenu un poste de direction des affaires culturelles au Consulat de France, presque comme un miracle qui n'aurait pas dit son nom.

Elle faisait ainsi partie des quelques « notables » d'une communauté fermée sur elle-même, et, bien qu'elle n'ait pas d'attachement particulier pour ses fonctions qui n'avaient d'autres objectifs que de faire remonter le niveau de leur trésorerie et de tuer l'ennui, elle avait traversé quelques inquiétudes à l'idée de les quitter si vite, incertaine qu'elle était de pouvoir réaliser la même prouesse à New York. Car si Héloïse déclarait s'en remettre aux vents favorables, elle savait qu'à une ou deux exceptions près, ses voiles ne s'étaient pas beaucoup tendues au cours de sa vie, et que les courants l'avaient plus noyée que portée.

Nohé, au cœur de l'adolescence, se souciait peu des contingences matérielles. Dans l'habitude qu'elle avait adoptée de se savoir toujours logée, nourrie, vêtue et scolarisée, elle avait pris sa première décision consciente qui ne soit pas de l'ordre de l'urgence de sa sécurité et elle entendait la voir mise en œuvre. Elle rêvait « New York City sur Hudson », Beyonce et la Cinquième Avenue, sans se soucier des contorsions que sa mère devrait faire pour parvenir à livrer ce résultat. Elle qui avait passé la plus grande partie de sa vie dans une errance commandée et protégée avait décidé de la choisir, cette fois, et il n'était pas question qu'elle cède un pouce de terrain.

Le miracle qu'Héloïse envisageait difficile ne l'avait pourtant pas été : comme un écho à l'appel qu'elle avait lancé à la chance, New York et son consulat français s'étaient ouverts à elle lors d'une de ces soirées à la fois frivoles et productives de la diplomatie culturelle montréalaise, à la faveur d'une exposition d'un vague artiste, fils d'une amie d'officiels locaux. Héloïse avait orchestré le vernissage de ce qu'elle estimait être des croûtes sans intérêt dans cette mode des aplats chromatiques qui ne pouvaient même pas prétendre au symbolisme mais faisaient se pâmer les incompétents mondains, et les tenants du tout-Paris-exporté s'y étaient rendus pour siffler du champagne que leurs impôts échappés dans des paradis fiscaux ne finançaient pas.

Comme elle en avait désormais pris l'habitude, elle avait joué les mêmes notes consensuelles d'admiration feinte, une sorte de jeu de rôle dans lequel elle prenait plaisir à se projeter en mère célibataire parfaitement superficielle et presque encore désirable aux yeux du monde, le poignet gracile et le sourire ébahi pour pouvoir garder le secret de ses pensées profondes de mépris et de dédain. Elle se dédoublait, en professionnelle désormais, sans en ressentir la moindre fatigue : elle occupait un poste d'observation idéal et nourrissait son désir, inavoué, de voir la catastrophe écologique produite par l'humanité à force d'immaturité enfantine conduire à son extinction ; son seul regret étant la certitude qu'elle ne verrait pas ce prodige se produire de son vivant. Tout en s'étant imposée des règles strictes de consommation inutile la plus rare possible, elle prenait un étrange plaisir à feindre l'appartenance à ce monde, et se disait même que si personne ne pourrait lui reprocher d'avoir contribué à sa disparition, et puisqu'elle ne pouvait en arrêter la chute, elle pouvait au moins s'offrir le luxe de la contemplation de l'imbécillité globale, la possibilité d'un siège au premier rang étant désormais sa récompense pour la pénitence permanente dont elle s'infligeait la peine.

New York était à ses yeux, alors même qu'elle n'avait pas rendu visite à la *Grosse Pomme* depuis dix-huit ans, le temple de ce spectacle : intolérante à toute intolérance, la ville enterrait ses vices pour mieux s'en repaître, prônait la liberté de devenir riche en jetant un voile de pudeur sur la pauvreté qui pourrissait ses artères, étalait sur les réseaux sociaux la merveille d'une lumière venant s'immerger dans les vitres des buildings pour mieux ignorer la vie de ceux qui nettoyaient les sols des mêmes immeubles dévoreurs d'horizon.

Elle ne parvenait pas à aimer la possibilité de sa vie dans cette cité sans limites, et elle s'était noyée dans la mondanité de ce vernissage comme on se procure une distraction pour tenter d'éteindre une vaine anxiété : se gaver de superficialité en espionne sociale indétectable pour ne pas penser à la peur qu'elle ressentait de quitter ce terrain maîtrisé. Elle avait cédé sans combattre à Nohé, comme on sait devoir payer un prix, comme elle savait avoir additionné les arrachements au désastre de l'inceste, pour n'avoir pas su faire mieux.

La vie d'Héloïse était un mot, et un seul : compenser.

C'était donc au cours de cette soirée d'artifices qu'elle avait été mise en présence de son égale new-yorkaise, dont elle avait appris le départ pour d'autres cieux dans les mois suivants : l'espace d'un instant, elle avait saisi la chance que la providence, ou un coup de bol magistral, lui avait présentée sur un plateau d'argent pour faire d'elle une alliée et prendre sa suite. En quelques semaines ensuite, l'affaire avait été entendue : elle partirait avec Nohé pour New York, logée à Brooklyn par l'État français – une situation inespérée – et le voyage se poursuivrait, qu'elle le décide ou non.

- 27 -
Héloïse
- Les guetteuses -

Il y a toujours une occasion d'être rappelée à ce classement : il y a les « elles » et les « nous ». Les mères et les putes, comme des mirages.

Comme hier soir, dans une soirée demi-mondaine noyée dans un chardonnay tiède, vulgaire et à la mode : pas savouré parce que pas bon, sifflé comme de l'eau parce que pas vraiment mauvais, et le rappel arrive bien plus rapidement qu'on ne l'aurait voulu, comme si j'avais cru pouvoir vivre une soirée sans cette course qui ne mène à aucune victoire réelle, aucune satisfaction pour personne. La musique d'une playlist sans intérêt masque à peine ce jeu étrange, ces faux rires entre les « elles » et les « nous ».

La mère et la pute qui se toisent, qui s'examinent, qui mesurent la dose de danger à grand renfort de « oh mais ma chérie, tu es splendiiiiiiide, j'adoooooooore ! » comme si leurs voyelles ne supportaient pas la solitude ; si elles le pouvaient, elles lanceraient des confettis comme elles pourrissent tous leurs commentaires sur les réseaux sociaux de cœurs et baisers de licornes, elles vont jusqu'aux yeux de chatons humides pour ne surtout jamais dire comme elles se haïssent, au fond.

Les deux seules qui restent, toujours. La mère et la pute. On a même noyé l'épouse, elle est toujours de passage avant de vraiment remplir sa fonction, mais brièvement, faudrait pas qu'elle vive pour elle trop longtemps. Elle a un utérus : sa vie passe après. Au bout du compte, seule la mère subsiste. Parce que la fonction, toujours, c'est par ça et rien d'autre qu'on justifie nos existences.

Les autres, celles qui ont rêvé d'être des mères et des épouses et qui ont loupé la marche vers leur pinacle, les « sans fonction vaginale », on ne les regarde plus. On les plaint, on en rit sous cape. Elles disparaissent, comme leurs rêves d'enfants blonds dans leurs rides noyées de botox, et elles essuient leur tristesse qui fait couler leur mascara en rentrant dans leur appartement bien rangé, leur lit sans un pli et leurs aisselles impeccablement épilées, au cas où le prince charmant aurait juste été retardé sur l'autoroute. Ne pas voir que les princes sont navrants et qu'ils préfèrent tuner une bagnole sur un parking que de se pencher sur leurs yeux de biches suppliantes et leurs ventres vides à en crever, elles n'existent plus que dans les panneaux roses aux phrases de Paulo Coelho qu'elles répandent sur leurs murs Facebook. « Sois le changement que tu veux voir apparaître », « Ta solitude cesse lorsque tu peux te donner tout entière », « Mets un pouce bleu si toi aussi, tu sais que l'amour est ton destin », « L'Univers sait que tu es merveilleuse ». Namaste de celles qui rêvent d'être enchaînées, lancé avec leurs doigts impeccablement vernis en rose sur un clavier-désespoir.

Il reste la mère et la pute. On ne touche ni à l'une ni à l'autre parce qu'elles sont exceptionnelles, ces deux-là. Il faut être faite du bois des héroïnes pour avoir droit de cité là où eux peuvent se contenter d'être médiocres. Nous, on doit mettre bas ou sucer comme des déesses, et puis même les deux, mais successivement. Sucer d'abord, avaler si possible pour décrocher la médaille de la meilleure salope épousable, et puis ne plus le faire : on serre les cuisses, on gémit à peine par politesse, on ne froisse pas les draps, les putes prendront le relais.

C'est notre salut. Notre bagne.

Nous, mères et putes, scindées et unes à la fois. Et si on doit en sacrifier une, c'est la pute qu'on cramera sur un bûcher comme on fait rôtir une dinde élevée en batterie. Celle qu'on imagine remplaçable, celle qui ne mérite rien de ce que les hommes s'octroient. Ils font de nous des putes, ils enterrent leurs vices, leurs désirs salaces dans nos vies, ils se délestent pour ne pas les contrôler et ils nous sacrifient, nous, qui n'avons renoncé à rien. Nous qui résistons. Nous, les mères-putes qui n'avons pas obtempéré à leur ordre du monde.

Elles, les mères-épouses, celles qui collaborent, celles qui ne font pas qu'accepter cet ordre dégueulasse mais qui jouent ces cartes-là, elles nous livrent, nous jettent aux chiens enragés, elles hurlent avec les loups. Ce sont elles qui jettent la première pierre. Elles qui se déguisent en salopes une fois par an, deux peut-être, pour avoir le sentiment d'être des femmes encore quand elles enfilent des porte-jarretelles comme elles passeraient un costume. Se donner l'illusion de pouvoir encore être nous, qui avons choisi de tout prendre, de tout vivre, de tout tenter : mères et putes à la fois si ça nous convient, et compétentes dans l'un et l'autre.

Mère tendre, mère protectrice, mère attentionnée, mère nourricière, mère abri antiatomique, pute libre, pute jouissante, pute fontaine, pute riante à la gueule du monde, pute et je vous emmerde, voyez-vous. Mon cul qui ne renoncera jamais à exister en son essence, ma gamine qui n'a pas besoin d'un connard violeur pour père, ma vie qui en chie mais qui tient la route, mes cris de rage silencieux à chaque fois que j'ai du mal à payer mes factures, mes larmes étouffées quand ma fille, qui mériterait tout, doit renoncer à ce que vos sales mômes mal élevés ne voient même plus, mes orgasmes incommensurables dont vous n'aurez plus jamais la saveur, ne vous en déplaise, on vous emmerde.

Nous. Nous les mères-putes qui vous terrifions, nous qui sommes tout à la fois, qui arrachons cette liberté à coups de pelle dans nos mâchoires si nécessaire, nous qui ne lâcherons rien, jamais. Nous que vous toisez en plissant le coin des lèvres quand vous persiflez un « traînée » dans un coin honteux de vos cerveaux. On ne « slutshame » pas à voix haute à New York, c'est probablement illégal.

Vous, les ultimes traîtresses, qui êtes si terrifiées que vos si chers, si chics, si riches époux vous plantent pour nous comme des déchets surévalués, vous qui oubliez si souvent, si évidemment de voir que vos mecs nous semblent pâles et pathétiques, que leur confort intellectuel nourri à grands coups de chaînes d'information continue ne nous divertit même pas quelques secondes, et qu'en un regard on a compris qu'ils ne bandent plus qu'avec une pilule bleue, vous pensez réellement qu'on a du temps pour ces conneries ?

Tu les croiseras souvent mon Cœur, si tu choisis de vivre ta vie librement. Elles viendront à toi immédiatement, dans n'importe quel événement public. Elles ont cette habitude de nous repérer et elles enclenchent leurs pauvres tentatives d'être nos amies intéressées. Elles imaginent nous neutraliser si on les aime. C'en est risible, cet air de gerbille à la fois effrayée et méchante, comme elles prétendent la force pour planquer la terreur de perdre leurs cartes de crédit chargées à en dégueuler.

Elles, les mères-épouses, les sécurisées, les protectrices de cocon, et nous, les réputées dangereuses, les tentatrices, les voleuses de situation. Comme si c'était une stratégie, un objectif qu'on avait : leur piquer une place que nous aurions perdue. Repérer les « bons partis » et venir coloniser ce terrain, opérer le jeu de chaises musicales. Retrouver une planque, à leur détriment ou pas mais à notre profit. Une maison, une voiture, des vacances, une mutuelle, des dîners bien élevés, des fringues, des Saint-Valentin rosâtres, des blanchiments dentaires, des abonnements à la salle de sport, des vacances « entre potes » sur un yacht de kéké trop riche pour être intelligent, des manucures, des mignons petits chats que les manipulations génétiques ont inventés pour elles. Leur trésor, pour lequel elles se vendent, pour lequel elles se prostituent au quotidien sous couvert de vie calme et bourgeoise.

Elles nous guettent, elles regardent nos mouvements, surveillent nos pas pour s'assurer qu'ils ne s'aventurent pas vers leur chasse gardée. Parler à leurs mecs des enfants et des courses à faire devant nous, pour rappeler qui est propriétaire du tout et nous jeter un regard de défi – « il est à moi ». Et à chaque fois que j'en vois une, je pense aux Jézabel, aux Marie-Madeleine et aux Olympe de Gouges, et je ris à la vue de leurs jules vieux-beaux coincés dans leurs costards de banquier d'affaires, je les imagine plier leurs pantalons avant de grimper leurs rombières décolorées qui leur répondent avec une bouche en cœur pour ne pas bailler. Et je me dis que si personne ne se souvient des Bovary de ce monde, s'il faut les écrire, les inventer pour qu'elles existent, c'est qu'elles sont sans importance. On se souvient des Pompadour, ma fille, des Sarah Bernhardt et des Mata-Hari. Les autres sont sans intérêt pour l'histoire, qu'elle soit petite ou grande.

Trouve ton Olympe, ta Jézabel, ta Marie-Madeleine. Elles seules respecteront ton intelligence. Les autres sont des passe-plats génétiques.

- 28 -
Nohé

I was sleeping, gently napping, when I heard the phone.
Who is on the other end talking, am I even home.

Au nombre des décisions impératives de Nohé figurait celle qu'elle avait prise quant à sa scolarisation. Sans même songer un instant à négocier la chose, elle avait annoncé à Héloïse qu'elle ne fréquenterait pas le lycée français de New York : poursuivre son chemin dans la bulle française, si confortable, qui l'avait bercée jusque-là ne lui évoquait rien qu'un ennui profond dans les cadres lissés d'un système scolaire gavant les élèves de connaissances sans leur permettre, à aucun moment, d'exercer le moindre esprit critique à leur sujet. Il fallait débiter une analyse autorisée et ressassée par des générations les unes après les autres, et elle tournait en rond, figée sur le frein à mains intellectuel au point mort. Héloïse avait acquiescé, ajouté un « tu décroches ton BAC avec mention, c'est pas négociable », et l'accord avait été scellé par une inscription au CNED et un engagement de travail quotidien de plusieurs heures, du lundi au vendredi.

Elle n'avait eu aucune difficulté à autoriser cette sortie de route balisée : les frais de scolarité du lycée français de New York étaient largement supérieurs à leurs moyens, et, même s'ils ne l'avaient pas été, elle trouvait strictement inconcevable de débourser un montant avec lequel une famille de quatre personnes aurait pu vivre normalement au cours d'une année entière. La maîtrise de l'anglais de Nohé étant insuffisante pour envisager sa scolarisation dans le réseau public américain, elle avait saisi le prétexte du projet de l'adolescente pour éviter ce qu'elle considérait comme une gabegie absolue et dont elle ne parvenait même pas à trouver le sens.

Elle feignait l'attachement aux études de sa fille par convention sociale plus qu'elle n'était convaincue de leur utilité. Tel qu'elle voyait le monde, les diplômes dont on vantait les mérites ne servaient à rien d'autre qu'à préserver une forme de hiérarchie sociale sans garantir la moindre sécurité, à quelques rares exceptions près : s'il lui semblait évident qu'on ne devenait pas médecin ou ingénieur autrement que par des études certifiées, la plupart des activités professionnelles étaient accessibles à qui s'efforçait de réfléchir et était doté de suffisamment de sens de l'observation pour mimer les habitudes environnantes, et il était clair que Nohé ne se destinerait pas à une carrière de savoir technologique ou scientifique. Le reste était affaire de carnet d'adresses, et elle disposait désormais d'une base facilitatrice dans ce domaine. Nohé devait donc obtenir le sésame de fin de lycée pour accéder aux étapes suivantes, rien de plus.

Que sa fille souhaite initier son envol à dix-sept ans lui avait paru intéressant, et elle avait même envisagé la chose avec un certain soulagement : ses incitations, plus ou moins subtiles, à l'indépendance et à l'esprit critique semblaient avoir porté leurs fruits. Ce qu'elle n'avouait pas, par ailleurs, c'est que l'idée de voir sa fille poser ses pieds sur la rampe de lancement et commencer à considérer l'idée d'un décollage, en plus d'être dans l'ordre des choses, lui faisait entrevoir la possibilité de penser à nouveau sa vie à elle, seule, dans quelques années, qu'elle voyait poindre comme une réalité plaisante. Ainsi s'était présentée sa réconciliation avec New York, entre égoïsme muselé par sa culpabilité maternelle et satisfaction de pouvoir envisager de se réparer, elle, de ces années d'internement en cavale intime.

Héloïse ne parvenait pas à s'oublier tout à fait.

Nohé avait attendu que leur installation soit confortable – incluant le canapé rouge, localisé dans une brocante bordélique du New Jersey, de l'autre côté du pont – pour faire les recherches qu'elle estimait nécessaires à la présentation de son projet : connaissant Héloïse, il était inutile d'évoquer une orientation tant qu'elle n'avait pas fourni les détails de lieu, de prix et de perspectives. Elle avait donc conçu un plan complet, détaillé grâce à une présentation *PowerPoint*, dans les moindres détails : elle trouverait des heures de soutien scolaire pour les enfants du lycée français et leurs parents aux comptes en banque débordants et rejoindrait un club de photographie, déjà localisé à Tribeca. Le tout avait été avantageusement présenté comme un début d'autonomie financière et de prise en mains de son avenir, en plus de lui permettre de construire son propre tissu social et artistique. Héloïse avait accueilli la stratégie de négociation avec un rire large ; c'était toujours bon signe, quand la mère riait aux circonvolutions de la fille pour atteindre son but, et Nohé ne l'ignorait pas.

En rejoignant New York, Nohé avait un objectif affiché : puisque l'appareil photo l'avait accompagnée jusque-là comme un relais de guérison, elle en ferait son avenir. Les leçons de sa mère intégrées, elle avait résolu de les appliquer, en imposant ce qui lui convenait, puis en gérant leurs conséquences lors de leur survenance.

À la Héloïse.

- 29 -
Héloïse
- Les douleurs indécentes -

J'espérais que le boomerang s'était perdu. En te suivant ici, je pensais pouvoir éviter cette remontée de terreur, cette colère sourde qui ne m'a jamais lâchée.

Dix-huit ans, ça aurait dû suffire à calmer l'ouragan. Ça aurait dû être assez pour que la poussière soit retombée sur mes meubles, pour ne pas y penser en permanence, pour ne pas frissonner en posant mes pas sur le foutu terrain de ce tremblement de terre fabriqué par la haine.

Avant, il me suffisait de détourner le regard tous les ans à la même date, d'éloigner le souvenir, les commémorations. J'avais réussi à mettre la douleur dans une boîte enterrée au sous-sol, dans mes archives où personne ne va. Même pas moi. Mais nous sommes ici maintenant, et il a fallu que je me trouve devant cette béance, Ground Zero, comme une cicatrice que personne ne refermera.

Il faut que je te dise comme à l'époque, nous qui étions européens dans cette ville, on a brûlé des drapeaux dans nos têtes, agoni d'injures les nationalismes, hurlé nos Constitutions comme des bêtes blessées, trouvé notre ennemi intime dans toutes les religions, allumé des bougies devant nos fenêtres en prétendant que c'était important, versé toutes nos larmes sur des trottoirs éventrés par le temps, eu peur des avions aux horizons incertains, détesté cette ville autant que nous l'aimions, cherché partout les traces du danger, localisé les issues de secours inaccessibles, fui le métro qui fait la gueule comme une pastille de miel, retenu des larmes-tsunami, encore, souvent, toujours.

Comme on a fait tout ça en silence pour que leur putain de sacro-saint patriotisme n'en soit pas ombragé, « God bless America, make no mistake[5] », disait Bush éberlué, « we will find and destroy them[6] » ou un truc du genre comme une foutue bande sonore de Borgs en action, on aurait cru la séquence d'un blockbuster tant c'était irréel, comme on se sentait avec eux mais différents, comme on se savait autres, nous qui n'avions pas appris à aduler nos pays, la main sur le cœur et l'idéalisme de notre supériorité appris par cœur depuis l'enfance, ânonné face aux tableaux noirs des salles de classe, toute cette saloperie que nous ne portions pas en bandoulière, nous qui avions vu le mur de Berlin tomber et l'Europe renaître de ses cendres, ou comme on y croyait, au moins. Comme on avait compris si vite que tout ça n'aiderait personne, comme sans savoir ce qui se produirait ensuite, on savait que ce monde était foutu, que si l'humanité pouvait produire tant de haine, c'était foutu, comme s'il avait fallu qu'on le vive pour le comprendre vraiment. Nous qui avions mal mais pas comme eux. Nous qui avions mal de ces milliers de morts et de ces ailes déchiquetées, comme l'effondrement de ces tours, là, devant nous, comme tout ce qui était enseveli, on savait que c'était le début de ce que personne ne pensait voir se produire.

Nous qui pensions la paix acquise.

Devant cette enfilade de noms qu'on n'aura jamais fini d'égrener, je me suis sentie noyée dans mon indécence. Parce que ma souffrance n'est rien – après tout je n'y étais pas, dans ces lieux où le sang ne s'effacera jamais. Après tout, je n'étais qu'un témoin horrifié, un cœur inquiet de la vie de ces autres que j'aimais tant et que je savais dans les environs de l'enfer soudain sorti de sa boîte. Qui ont survécu. Qui n'ont prononcé que peu de mots. Qui ont tremblé en silence, cauchemardé en silence, vécu en silence, guéri, mais pas vraiment, en silence.

Il y a eu les sirènes, quand les blessés arrivaient à deux-cent mètres de ma fenêtre. Le ballet des sirènes comme une danse vaudoue. Le son incessant, continu, une chorale en canon, des jours de ces deux notes répétées à l'infini, silencieusement accompagnées d'un "non, pas encore, pas un autre, faut que ça s'arrête, faut qu'ils vivent" que je me répétais en boucle.

Le silence glacé, les sourires forcés, les regards pétrifiés quand le jour est revenu, quand on est parvenus à sortir, forcés par un frigo vide. L'après, l'immédiat, l'œil du cyclone dans la ville abasourdie, le cerveau qui ne veut pas comprendre que ce soit possible, vraiment, pas ici, on était en sécurité ici, « avant ». Ma main sur mon ventre encore plat qui te fabriquait, ma main qui ne quittait pas ce ventre et je me demandais comment je te protégerais, comment je pourrai parvenir à te garder en vie face à ça. *Si* je devais te garder en vie face à ça.

Les messages qui parviennent enfin à destination, qui demandent prudemment, qui espèrent une réponse, vite, vite, vite, « dis-moi si tu vas bien, nous ça va, mais y'a untel, tu sais, on n'arrive pas à le joindre, tu sais quelque chose ? Non, on se tient au courant, j'ai eu untel, ça va il y était pas, ah putain tant mieux, merde c'est un cauchemar, c'est pas possible, je comprends rien, fume un joint, essaie de dormir, on se rappelle, ok, ça va aller, j'ai pas dormi, t'inquiète, je te laisse, j'ai une pote coincée au Canada qui veut savoir où on en est, ça doit ressembler à ça la guerre mais tout le temps, merde, comment ils font les autres, comment on va faire pour vivre ça, je file, respire, bisous, on va y arriver tu sais, je sais pas comment putain mais on va y arriver, bisous, fais bien attention à toi ».

Ont suivi les appels de ceux, loin, qui ne se rendaient pas compte, qui nous disaient « et à part ça, tout va bien ? », et à qui on ne savait pas comment répondre « rien ne va, il n'y a plus rien d'autre que ça ici, rien du tout, personne va bien, on va pas bien, on comprend pas pourquoi on est vivants, on comprend pas pourquoi ils sont morts, on comprend pas ce qui s'est passé, on se dit que c'est pas réel mais on n'arrive pas à respirer, il y a des militaires avec des flingues chargés partout autour de nous, des flics, des pompiers, la poussière, des monceaux de poussière ça envahit tout, partout, on viendra jamais à bout de cette putain de poussière, et la mort, des milliers de morts et on sait même pas qui est mort tu sais, on sait rien, on se cherche partout, les vivants on se cherche, on n'a plus que ce putain de silence et on n'arrive même pas à hurler, ils sont morts, tu comprends ? ».

Il y a eu les regards de ceux qui avaient peur qu'on les accuse. Qui se levaient pour nous laisser leur place en s'excusant d'exister, à qui on souriait pour qu'ils *sachent* qu'on savait qu'ils n'étaient coupables de rien, qu'il fallait pas faire ça, qu'on en chiait tous ensemble, vraiment, que nos tripes étaient dehors avec les leurs.

Il y a eu le café au coin de la rue, ensuite, avant d'aller travailler, on faisait ça souvent, on prenait un café avant d'aller bosser. Il fallait qu'on aille bosser, alors on allait encore prendre ce café, l'avaler en vitesse, raconter quelques conneries pour démarrer la journée. Et puis « Jake est mort, tu sais, Jake, mon cousin, il est mort là-bas. C'est dur. » Et les noms sont tombés, les uns après les autres, on les guettait presque tant il y avait de noms, on savait qu'ils tomberaient, encore et toujours, qu'ils n'arrêteraient pas de tomber et on voulait juste que la liste soit épuisée. Enfin.

Et le silence qui s'est posé, qui vient me réveiller tous les ans. Tu sais, Jake. Je pense à Jake, à chaque fois, tous les ans, Jake revient avec son cortège de compagnons défenestrés et brûlés et asphyxiés et écrasés sous ces poutres de métal. Et morts.

Et ma cicatrice est bénigne. Indécente. Lamentable. Ma douleur est une piqûre de moustique permanente et sans légitimité, et je le sais. Je le sais. Je le saurai toujours, que mes larmes sont narcissiques et pitoyables. Qu'elles viennent indûment. Je le saurai toujours, et c'est l'unique espoir qui reste pour ceux qui savent. Que je sache, au moins, que je n'aurais même pas dû le dire, que mon cerveau n'aurait même pas dû le concevoir, que ce simple fait-là dit tout de ma médiocrité, et que même en le disant comme ça, c'est encore sur moi que j'attire l'attention. On le voit si bien lorsqu'on ne marche pas dans le jeu de l'émotion, quand ce piège-là ne s'enclenche pas.

Ma douleur par procuration, ma terreur sans motif, ma blessure insignifiante, mes larmes qui ne sont que collatérales. J'étais vivante. Tu étais vivante en moi.

Je voulais que ça se taise, et je ne pensais qu'à ça devant cette cicatrice de marbre et de bitume qui crève la ville.

À remettre mes émotions à leur place : au coin des narcissiques, des mal cicatrisés de l'ego, des incapables à l'effacement, bonnet d'âne orgueilleux sur la tête, la récréation est terminée. On ne souffre pas par procuration. Et il faut que je le dise, pour pouvoir le faire. Pour pouvoir vivre ici.

Au coin.

- 30 -
Nohé
If you surrendered to the air, you could ride it.

Dans l'enfilade des heures qui lui font revivre leur voyage, Nohé revient à elle un instant alors que la lumière est devenue trop ténue pour qu'elle puisse continuer à parcourir les pages du carnet d'Héloïse. Elle tend son bras vers l'interrupteur de la lampe art-déco aux grappes de raisin colorées posée à côté du canapé rouge, sur une pile de livres, et ses yeux glissent sur l'appareil photo, désormais antique, que sa mère avait gardé comme la trace de leur chemin, preuve matérielle de leur exploration de mondes qui les avaient bercées des années plus tôt.

Nohé se souvient du jour où elle avait décidé de l'abandonner pour un appareil plus performant, quelques semaines après avoir rejoint le club de photographie de Tribeca. Elle avait évoqué l'idée autour d'un déjeuner, un dimanche, avec précaution : renoncer à cet objet n'avait pas été l'affaire d'un évident transfert d'une technologie obsolète à une autre, plus récente et adaptée ; ce jour-là, c'était une page de son histoire qu'elle avait choisi de remiser au grenier, ce qu'Héloïse avait accueilli avec une nostalgie douce, la tristesse dans l'œil à peine exprimée par pudeur ou acceptation des choix de Nohé.

Héloïse ne s'attachait qu'aux objets de leur liberté.

L'estomac de Nohé profite de la diversion pour faire entendre son existence – 21 h 00 –, elle n'a rien avalé de consistant depuis des heures qu'elle est incapable de compter. Dans un effort, elle quitte le canapé rouge pour rejoindre la cuisine, ouvre le frigo plein à craquer sur ordre d'Héloïse ; « quand je vais être partie, tu vas avoir autre chose en tête que de faire des courses, on s'en occupe avant que je sois refroidie », dans ces derniers actes de soin maternel essentiel auquel elle n'avait pas pu renoncer, même à l'aube de sa mort, comme ce cahier de recettes sur le plan de travail dans un retour de saveurs tendres et simples qu'elle avait compilées. Gâteau au yaourt, gâteau mousseline, fraisier rituel d'anniversaire bien qu'hors-saison, gratin de choux-fleurs et pommes de terre, wraps, confiture de lait, madeleines, pain, ratatouille, ceviche, pancakes, des pages en enfilade de tout ce que Nohé avait dévoré toute sa vie comme l'odeur de sa mère lorsqu'elle se nichait dans ses bras.

« Mais qu'est-ce que tu veux que je fasse de ça Maman, je suis même pas foutue de faire une omelette correctement, tiens d'ailleurs, qui va me faire des omelettes, t'y as pensé à ça ? À mes omelettes ? », Nohé sourit en feuilletant le carnet aux recettes classées par ordre alphabétique, « mais si t'as appris à marcher ? ... » lui répond la voix d'Héloïse en riant. Elle revient au frigo pour en tirer un reste de pizza rassis, qui ramène celles accompagnant les débarquements soudains de sa bande d'apprentis photographes new yorkais. Elle revoit les mines renfrognées d'Héloïse dans sa détestation des envahissements de son espace et les moues de fausses suppliques pour tenter de l'amadouer, « tu nous entendras pas, promis-juré, et après je range tout, mais là faut qu'on édite ce qu'on a shooté aujourd'hui, alleeeeeez boude paaaaaaas » et les boîtes en carton grasses dans la cuisine qu'elle négligeait de jeter, comme n'importe quelle adolescente se déleste des obligations ménagères sur une mère toujours disponible, cette accessibilité invisible au service qui ne ressent pas le choix d'être là. Il l'est, c'est tout.

Avec le club de photo, Nohé avait dû cesser de voler des clichés au hasard ; elle avait découvert son incompétence technique et avait dû intégrer une dose d'humilité à sa prétention d'artiste précoce. Ses compagnons de route et elle parcouraient la ville en *squads*[7] menés par des passionnés à l'expérience bien plus solide que la sienne, qui lui montraient combien elle ignorait les ressorts de ce qu'elle avait pris pour un talent naturel. Il avait fallu démontrer ses aptitudes en remplaçant ses coups de chance par des réglages minutieux, savoir pourquoi et comment la lumière se posait dans son objectif et ne plus bâcler ses instincts pour mériter d'être vue comme une photographe potentielle. Là où Héloïse l'avait nourrie d'admiration, elle recevait des assentiments timides en forme de « peut mieux faire » à l'amabilité forcée qu'elle avait d'abord trouvé détestables et injustes, pour finir par comprendre que toutes les mères du monde feignent l'extase devant un dessin de leurs rejetons. Il n'en était pas autrement de ses clichés maladroits d'enfant, tous justes bons à faire naître une larme indulgente dans l'œil de sa mère.

L'orgueil avait ensuite occupé le terrain, et elle avait décidé d'apprendre pour leur prouver sa valeur, dans un investissement qui ne connaissait aucune limite de temps ou d'horaires en dehors de celles promises à l'obtention de son BAC et des heures de cours dispensées à des enfants qui avaient le mérite de lui confirmer que la maternité ressemblait à un chemin de croix superflu, tâches dont elle s'acquittait avec une bonne volonté toute relative.

Si elle avait résolu d'apprendre à maîtriser son art pour acquérir ce que le monde considérait comme de la compétence et d'en tirer profit, elle ne renonçait cependant pas à ses obsessions visuelles, celles qui marquaient son ancrage ou son errance dans une ville et ces voyages-là, entrepris dans le seul périmètre urbain, étaient devenus infiniment solitaires. New York dans ce domaine était une sorte de Mecque : partout les mondes se confrontaient puisque la ville était leur essence condensée en une rue, un *block*[8], un immeuble même. Il lui avait fallu percevoir cette ligne fine qui accroche un symbole comme un pendentif à peine visible de résistance à ce que le pays tout entier prétendait devenir à la faveur d'une *Biff-Tannenite* institutionnalisée, et à l'idée de murs ensanglantés par les rêves échoués des enfants morts dans le Rio Grande, si loin de là.

Dans la ville, tout était visible et bruyant, occupé jour et nuit, mais une chose, bien entendu, lui avait fait signe, comme toujours, avec une différence : elle l'avait goûtée, cette page de civilisation qui refusait de tirer sa révérence pour faire place à la prochaine étape d'humanité, puisqu'elles étaient partout, tôt le matin et tard le soir, leur morceau de trottoir désigné et consacré par l'autorité publique comme un reliquat de l'utilité de choses réelles. Les baraques un peu crasseuses, si petites qu'il était difficile d'imaginer bouger à l'intérieur et devant lesquelles les citadins faisaient la queue pour se raccrocher à des cuisines simples aux saveurs immigrées, bagels, falafels, pizzas, comme unis dans une forme de mondialisation à la fois consommée et déterminée à ne pas s'éteindre pour dire encore, toujours, qu'au-delà de toute autre ville au monde, celle-ci était l'épicentre d'un univers sans limites connues.

Les baraques brutales posées sur le trottoir, contrairement aux myriades d'endroits fringants où l'on inventait des sandwichs dont le tarif scandaleux n'avait qu'un nom détourné et des publications sur les réseaux sociaux pour prétendre au génie gustatif, n'avaient aucun avantage esthétique à présenter ; comme si elle avait volontairement choisi d'échapper au marketing et à son idée que la forme suffit à prétendre le fond.

Contre leur époque, elles continuaient à occuper un espace de normalité et voyaient défiler la population passante ou restante en transit de banlieues transportée vers la fourmilière, et Nohé les avait vues comme le seul rempart empêchant New York d'achever de se muer en Metropolis terrifiante.

Elle avait apprivoisé la cité tentaculaire par les saveurs de ses rues, et il lui semblait désormais que l'hydre était devenue son territoire, insondable et intriqué comme ses pas sur le bitume sans fin.

- 31 -
Héloïse
- Vos chaînes seront brisées -

Je sais bien que, maintenant, je devrais avoir lâché la bride.

Tu me regardes en soupirant, ce regard un peu résigné à chaque fois que je te demande avec qui tu vas passer la soirée, où, s'il y aura de l'alcool, de la drogue, des garçons ou des hommes, à chaque fois que je te fais promettre de ne pas rentrer seule, de ne pas boire d'alcool, de ne pas toucher un verre que tu ne te sois pas servi toi-même d'une bouteille neuve que tu ouvres, de ne rien consommer que tu n'aies identifié et surtout jamais, jamais de shit ni de pilules, de ne pas t'isoler seule dans une pièce même pas les toilettes, surtout pas les toilettes mais nulle part, jamais, quoi que tu fasses et quelle qu'en soit la raison, de ne jamais laisser une amie seule le soir dans un lieu public, même si elle est sapée comme une carmélite. Tu me prends pour une dingue, tu me lances ce regard tendre et fatigué de ma paranoïa.

Nous aussi, on voltigeait de week-end en week-end pour se donner l'impression d'avoir une vie plus complète que celle de nos parents, d'être plus intelligents, plus séduisants, plus cultivés, plus armés pour bouffer un monde que nous pensions immense. On avait un avenir dont on ne concevait pas la fin, un présent qui ne nous interdisait aucune conversation, qui n'écrasait pas nos crânes comme si on avait voulu les réduire, tout ce qu'ils n'avaient pas eu c'était à nous, la foutue « liberté de penser » des chanteurs médiocres qui prennent le pognon du bon peuple mais ne songent pas un instant à lui rendre son investissement. Toutes ces conneries qu'on inventait aussi bien que vous. On débitait des banalités qu'on prenait pour des percées philosophiques, on déclamait des tirades pathétiques en distribuant des tracts ou on remuait comme des pachydermes dans le déni de leur condition sur des tubes que « les adultes » auraient dû écouter, selon nous, s'ils n'avaient pas été si vieux depuis toujours. On avait des doutes sur nos certitudes et la certitude de nos doutes, je crois que j'ai entendu cette expression il y a quelque temps et je me suis dit que je n'avais jamais rien entendu de plus con. Je devrais en faire un panneau Instagram, ça marcherait formidablement.

On était des morveux qui n'avions aucune conscience de nos privilèges. On prétendait chier sur la bourgeoisie dont nous étions les héritiers, on baladait nos fringues de marque sur une démarche cool de post-punks-dirigeants en prétendant que nos parents avaient loupé mai 68, mais que nous serions bien plus avisés. On allait faire carrière, trouver une voie, changer le monde et ne jamais entrer dans le moule – on disait ça avec une moue de mépris même pas dissimulé –, envoyer chier les Américains et créer une société dans laquelle l'art et l'éducation ne nous empêcheraient pas de gagner du fric ; celui-là même que nos parents nous filaient tous les mois sans qu'on daigne s'en souvenir. On s'envoyait des bouteilles de vodka tiédie au coca dans des studios hérités de nos grands-parents en trouvant qu'ils auraient pu faire les travaux plus tôt et que le quartier était chiant, et on parlait de justice sociale en n'ayant jamais vu à quoi pouvait ressembler une quittance de loyer ou une facture d'électricité.

Ce que je vois dans tes yeux quand tu me dis que tu sors, depuis que tu ne me demandes plus si tu peux sortir, c'est que l'inquiétude de ma réponse a disparu. Et puis je vois tes copains, ta bande d'artistes déjà ratés qui se pensent installés dans les arcanes du génie universel, leurs baskets plus chères que le salaire mensuel de la femme de ménage que leurs parents leur envoient toutes les semaines, qui marchent vers une gloire qu'ils pensent méritée.

Je vois ces mômes qui ne prendront pas le temps de te demander ton avis avant de t'enlever ton jean. Je vois leur absolue conviction que tout leur appartient. Ton corps inclus. Tu vois de la paranoïa et je les vois, eux, comme ceux que je ne voyais pas quand je n'avais pas encore appris à regarder.

Le Hurlement revient, tu sais, je ne te le dis pas, je le garde sous cloche. Il m'accompagne à chaque fois que tu franchis une étape, à chaque fois que je sais que bientôt, je ne pourrai plus t'enfuir pour te sauver. Il gronde dans mes tripes pour me dire qu'il ne partira jamais, que je dois me préparer à ce jour final où je ne pourrai même plus tenter de répandre de la douceur sur tes blessures parce que tu ne me les diras plus. Tu feras ce que nous faisons toutes : tu lécheras ta plaie et tu te relèveras parce qu'il n'y a rien d'autre que nous puissions faire.

Le Hurlement serait la seule trace visible de toi dans ma vie, si tu *devais* faire ce que j'ai fait.

Ce que je te souhaite de pouvoir faire. De ressentir la liberté de faire. Si tu te libérais de moi pour rejoindre l'ère qui vient, celle des femmes, enfin. Après trois mille ans, je crois que ça finit par se produire, on la sent poindre déjà comme un rayon de soleil après une nuit éternelle, et ce sera ton temps, mon Cœur. Ton temps et celui de tes sœurs, vous qui n'avez pas mené les mêmes luttes que vos mères, vos grands-mères, vos arrière-grands-mères et puis leurs mères avant elles, vous qui ne connaissez que la liberté de choisir ce à quoi vous destinez vos corps sans même avoir conscience du trésor que ça représente. Vous qui n'avez pas eu à lutter pour l'égalité salariale et contre la culture du viol. Vous qui saurez ce qu'on ressent en marchant seule le soir sans avoir peur. Vous qui héritez de deux cent cinquante ans de victoires arrachées, patiemment, nos larmes et notre sang, nos têtes tombées pour que vous soyez libres, notre sueur pour cet espoir que ça se produise un jour enfin, notre certitude, génération après génération, que ça ne serait pas notre tour mais le vôtre, vous qui finirez le travail, vous qui aurez à protéger ce joyau inouï et serez notre avènement, à toutes, à travers l'histoire.

Vous qui aurez à faire ce que tant d'entre nous avons fait dans la douleur sacralisée de la filiation, l'autel révérend devant lequel vous n'aurez plus à vous incliner. Vous qui pourrez nous sortir de vos vies si nous ne sommes plus assez de votre côté. C'est que vous avez gagné : la possibilité de nous quitter vraiment. Admettre que nous ne vous sommes plus nécessaires, que nous sommes vos chaînes finales à envoyer dans une benne pour ne rien concéder.

Vous qui serez libres de nous, vos mères. Enfin.

- 32 -
Nohé

The saddest thing in life is wasted talent.

En lettres majuscules, sur l'image flottante que le monde s'obstine à nommer carton d'invitation, les sept mots s'affichent : « Puisqu'on a marché sur la Lune ». Au verso, son pseudonyme, « Hope », l'adresse de la galerie new yorkaise, la date et l'heure de l'événement. Il a été envoyé à trois cents personnes triées sur le volet par son agent, critiques, journalistes et collectionneurs influents sur cinq continents. Deux cent vingt-trois sont venus, et elle trône parmi eux : elle fait partie de ces artistes pour qui on se déplace, l'élite convoitée réduite à une poignée d'atomes.

Nohé se tient debout, figée comme toujours avec ce verre de vin à la main qu'elle fera semblant de boire tout au long de la soirée. Elle répond discrètement aux sourires serviables et feint d'accueillir les regards serviles, joue le jeu de l'artiste mystérieuse comme elle active un pilote automatique professionnel.

À la Héloïse.

Dans la galerie se croisent des corps aux poitrines rénovées chirurgicalement qui pointent sous des robes lamées comme des espoirs d'amour vains, des pas voulus charmeurs dans des pantalons de vieux beaux, et quelques-uns s'arrêtent pour regarder la série de photos en couleur : c'est là le grand événement tant attendu par la foule de badauds professionnels. Après des années de clichés tranchant les noirs et blancs dont elle avait été sacrée spécialiste hors concours, elle avait choisi de montrer Héloïse dans toutes ses nuances, jamais tranchées, jamais claires.

Toutes les couleurs en mots de ce carnet, qui lui avaient donné à voir cette femme inconnue qu'avait été sa mère, couvrent les murs d'une galerie aux dimensions proportionnelles à celle dont personne, selon Nohé, ne pourrait jamais saisir les envolées, les plongeons, les pleins, les déliés, les sagesses ou les délires, les certitudes ou les doutes, les précautions ou les folies. Comme si, avec la mort d'Héloïse, la vie soudain était revenue à Nohé dans ses éclats, les ondes mouvantes avaient eu le droit de cité.

Comme si, en la quittant, une Héloïse prophétique l'avait libérée de l'enfant pétrifiée, d'une mère trop présente et inquiète, contenue et explosive.

Dans chacune de ces occasions, elle compose un visage systématique qui lui permet de sembler présente, alors que son cerveau opère des sorties secrètes. Elle a appris à feindre un regard concentré qui passe pour une transe artistique et dont elle sourit toujours intérieurement, cette aura fabriquée de ceux qu'on appelle « créateurs », et dont elle connaît les artifices sur le bout des doigts, lui permet de s'évader à sa guise sans que personne ne puisse lui prêter un quelconque ennui : elle semble inaccessible au commun des mortels. Elle est *l'artiste*, insaisissable par une nature qu'elle fabrique comme une stratégie commerciale parfaitement huilée.

Elle reproduit son impeccable schéma et trempe ses lèvres colorées d'un rouge incandescent dans son verre de bourgogne aux accents du Sud, les vignes ayant dû s'adapter aux températures caniculaires devenues courantes en France, comme si elle recréait le bouclier magique de son enfance, alors qu'Héloïse et elles sont affichées en projections dansantes sur les murs, les couleurs de Nantes, Paris, Bordeaux, Lisbonne, Montréal, New York racontent l'histoire que sa mère a voulu lui dire en un antique carnet d'écolier.

Ses abysses et ses montagnes russes, tues et hurlées au stylo, au fil des ans.

En fond sonore, une voix égrène des phrases extraites des pages d'Héloïse, comme des interruptions du calme imposé ; elle a refusé la musique, ordonné le silence environnant de façon méthodique : pas un mot, pas un son que la voix qui dit, seuls les verres qui tintent leurs notes que sa mère aimait tant. « Écoute ça ma fille, c'est le bruit du bonheur après une journée de merde pour une mère qui fait ce qu'elle peut ». Son travail est fini, elle a raconté son histoire ; comprendre ce qu'ils en pensent n'aurait aucun sens, le succès commercial n'est même pas un enjeu en ce qui la concerne.

Elle a *dit* Héloïse.

Alors qu'elle opère un autre mouvement oculaire échappatoire vers le mur, elle se sent happée, soudain, par un objet étrange : entourant un verre cylindrique rempli d'eau, une main arrête sa respiration un instant. Elle détaille lentement les ongles manucurés, la peau fine et solide, le mouvement souple et ferme du poignet et suit la ligne de quatre grains de beauté comme une ponctuation obstinée, de la base de l'index à celle du pouce. Sans qu'elle en prenne conscience immédiatement, elle revoit les mots du carnet : « Apprends à lire les mains des êtres que tu croises. Leurs mains te diront leur vie », et s'enchaînent toutes les autres mains de leur vie à elles, Héloïse et Nohé, comme un tandem à l'équilibre précaire qui avait tenu par miracle.

La main d'Héloïse sur son front et le son d'un rire aux accents théâtraux, ses mains entre ses cuisses serrées dans le bureau du juge comme une prière indicible, la main tendue à côté du lit pour inviter le sommeil de son enfance en guerre de dégoût, celle-là même qu'elle avait commencé à lâcher lentement pour prendre sa première photo dans le métro de Paris ; la main que sa mère fantasmait meurtrière, serrée autour d'un flingue rutilant et celle qui l'avait enveloppée pour lui annoncer la mort de son père, la main dans laquelle Nohé avait posé un verre empli de poison, celle qui avait porté le poison à sa bouche dans un soulagement terminal.

Ses pas la portent vers cette main nouvelle, inconnue, qui l'appelle en silence, et alors qu'elle progresse, elle sent sa peau parcourue d'un mouvement presque imperceptible, de la base du cou jusqu'au genou.

Arrivée face au verre cylindrique suspendu dans cet épiderme, Nohé aperçoit une photo d'Héloïse qui lui sourit, la veille de sa mort, un clin d'œil encore malicieux qui vole la vedette à l'éternité.

« Ok Maman, j'ai compris. Après toi, le déluge ».

1. *We are the Borgs, you will be assimilated, resistance is futile* / Nous sommes les Borgs, vous serez assimilés, toute résistance est vaine (Star Trek)
2. C'est *peanuts* : c'est rien du tout / c'est facile
3. *Preciso ajuda* : j'ai besoin d'aide
4. *Disculpa por favor* : je suis désolée
5. *God bless America, make no mistake* : Que Dieu bénisse l'Amérique, ne vous y trompez pas
6. *we will find and destroy them* : nous les trouverons et nous les détruirons
7. *Squad* : escadron, équipe
8. *Block* : pâté de maison ou d'immeubles

REMERCIEMENTS

Mes remerciements appuyés à Frédéric Fredj pour sa lecture méticuleuse, ses corrections toutes en virgules et indispensables subjonctifs, sa contribution généreuse et la douceur de son regard sur ces lignes.

Un autre – immense – merci aux Éditions Chèvre-feuille étoilée, et à Marie-Noël Arras, pour tant de passion et d'engagement : un roman, quoi que l'on puisse en dire, ne peut être qu'une œuvre collective.

Une ligne, enfin, de reconnaissance admirative pour cette merveilleuse galaxie des éditeurs indépendants, sans lesquels les histoires enfouies dans nos esprits y resteraient, trop souvent.

TABLE DES MATIÈRES

PREMIÈRE PARTIE

SECONDE PARTIE

TROISIÈME PARTIE

LA COUVERTURE DE CE LIVRE
ET LA MISE EN PAGE
ONT ÉTÉ RÉALISÉES PAR MARIE-NOËL ARRAS

⇔

LA COMPOSITION EN GARAMOND
ET LA FABRICATION DE CE LIVRE ONT ÉTÉ ASSURÉES
PAR LES ÉDITIONS CHÈVRE-FEUILLE ÉTOILÉE
À MONTPELLIER

⇔

IL A ÉTÉ IMPRIMÉ
EN JANVIER 2022
SUR LES PRESSES DE SEPEC EN FRANCE

ISBN : 978-2-36795-153-9
Dépôt légal premier trimestre 2022